字裏中國

漢字世界的古代生活事典

張素鳳　宋春淑　娜紅　著

商務印書館

本書中文繁體字版由中華書局（北京）授權出版

字裏中國 —— 漢字世界的古代生活事典

作　　者：張素鳳　宋春淑　娜紅

責任編輯：吳一帆

封面設計：黎奇文

出　　版：商務印書館 (香港) 有限公司
　　　　　香港筲箕灣耀興道 3 號東滙廣場 8 樓
　　　　　http://www.commercialpress.com.hk

發　　行：香港聯合書刊物流有限公司
　　　　　香港新界大埔汀麗路 36 號中華商務印刷大廈 3 字樓

印　　刷：永利印刷有限公司
　　　　　香港黃竹坑道 56-60 號怡華工業大廈 3 字樓

版　　次：2018 年 6 月第 1 版第 1 次印刷
　　　　　© 2018 商務印書館 (香港) 有限公司
　　　　　ISBN 978 962 07 5761 7
　　　　　Printed in Hong Kong

目錄

i

◇
◇
◇
◇

◇

◇

◇

◇

iii

v

ix

「止」「戈」為「武」

「家」「國」「天下」

謙謙「君」子，溫潤如「玉」

歷久彌新的中國文化

就在每日筆下

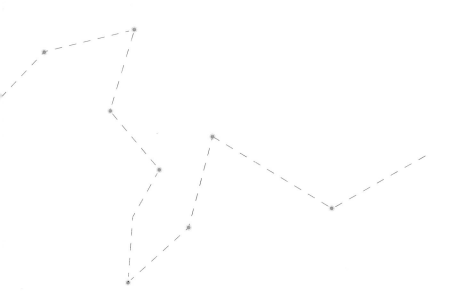

漢字一筆一畫

勾勒着豐盈多姿的

歷史與生活

社會等級

最高統治者
貴族、官員與平民
奴隸

◇　◇　◇　◇

　　中國古代社會，等級森嚴。從王公大臣到地方官吏，從貴族到平民，至最底層的奴隸，每一個階層都包括多種不同職位，每個職位都有表現其特點的專有名稱。同時，各種職位名稱及其內涵又隨着時代而改變，這樣，同一職位在不同的朝代，所用名稱可能不盡相同；而同一名稱所代表的職位在不同朝代也存在差異。例如，處於最高層的統治者，就先後有"后"、"王"、"帝"、"天子"、"國君"、"元首"等名稱；而"后"、"王"、"帝"等名稱，在不同時代又有不同的含義。本章選擇部分表示地位職官的漢字，從分析其古文字形體所包含的文化內涵入手，梳理各種職官的內涵及其古今變化，從而勾勒出中國古代社會各階層的分佈及變化。

最高統治者

說到 "后" 字，你的頭腦中一定會閃現出 "皇后"、"太后"、"影后" 等那些影視劇裏面身材曼妙、傾國傾城的女人。可是最初的 "后" 卻沒有這樣養眼，且經過了兩次 "魔法轉身"。

●● "后"：生小孩的女人

　　"后" 的甲骨文形體有 "𤴓"、"𣍰"、"𠂤" 等。第一個字形的左半部分像一個人雙手交叉於胸前，這就是甲骨文的 "女" 字；第二個字形的左半部分與第一個字形相比，不僅頭上增加了裝飾，身上還增加兩點表示乳頭作 "𣎆"，這是甲骨文的 "母" 字；第三個字形的左半部分像一個側面的人形，這是甲骨文 "人" 字；這些字的右下部分像一個頭朝下的小孩兒，也就是甲骨文 "子" 字的倒置之形，第二個字形在倒 "子" 下還有點兒，表示生小孩時流出的羊水。整個字形表現的是婦女生小孩的情景。前兩個甲

骨文字形為"毓"，又作"育"，本義是"生育"；第
三個甲骨文字形為"后"。

　　是不是所有生小孩的女人都被稱為"后"呢？
不是的。"后"字從一開始就"位高權重"，它指母
系氏族社會中地位最高的女性酋長。"生小孩的女
人"為甚麼被賦予了如此崇高的地位呢？這就要聯
繫人類社會的歷史。遠古時期，人類處於母權社會，羣婚制的特
點使人們只知道自己的母親是誰，而不知道自己的父親是誰。因
此，族中最高權力擁有者就是女性，而女性的最高功業就是為本
氏族繁殖後代，所以取象於"生育"的"后"字被用來表示族中最
高權力擁有者。

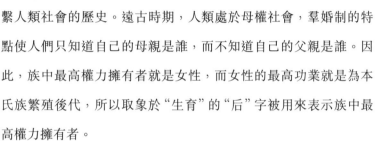

••"后"的變性

　　歷史是發展的，父系氏族社會最終取代了母系氏族社會，
權柄落在了男性手裏，而"后"作為一個尊稱歷時已久，男性統
治者似乎也不肯放棄這一稱謂所帶來的榮耀，因此"后"做了一
次"變性手術"，由指"擁有最高權力的女性"變為指"擁有最高
權力的男性"。直至夏代，人們仍稱最高統治者為"后"，古文
獻中常有"夏后"、"商后"，指的就是夏和商的最高統治者。如
《尚書·仲虺之誥》："（商湯）東征，西夷怨；南征，北狄怨。
曰：'奚獨後予？'攸徂之民，室家相慶，曰：'徯予后，后來其
蘇。'"是説由於夏桀非常暴虐，在他的統治下，人民痛苦不堪，
商湯帶兵去討伐暴君，老百姓殷切地期待商湯來解救他們。這
裏"徯予后，后來其蘇"中兩個"后"字都是指商湯。

日月流轉，"后"的稱謂受到了挑戰。進入商代，最高統治者又有了一個稱謂——"王"，但此時"后"仍在使用，也就是"后"、"王"並用。進入周以後，最高統治者不再稱"后"，而代之以"王"、"天子"等。此時"后"又一次變身，回歸轉指女性，即女性中地位最高的"王后"、"太后"。

可見，"后"最初表示地位最高的女人，後來泛指地位最高的人（主要是男性），最後又專指帝王的妻子或母親，也就是女性中地位最高的人。現代社會中，人們通常把具有相當影響力的女演員尊稱為"后"，如"影后"、"歌后"、"天后"等等。

●● "王"：一柄斧頭

商代金文中"王"字作"🔨"，甲骨文作"🔨"、"🔨"，西周金文作"王"、"王"。這些字形都取象古代斧頭的側面之形，下邊比較寬的部分是斧頭的刃，最上邊一橫表示斧背，中間一橫表示安裝斧柄的地方。

●● "王"的武功

上古時候，斧子作為殺伐武器，外形厚重，極具震懾力，因此，軍事征伐中，最高統帥常常手拿斧鉞。根據文獻記載，商湯在征伐昆吾和夏桀時，手中所拿的是斧鉞；周武王在征伐商紂王時，也手拿斧鉞。斧鉞在當時成為最高軍事統帥權的象徵。因此，君王授予將帥征伐權力時，往往通過賜予斧鉞表示授予軍事權力，如《淮南子‧兵略訓》："主親操鉞，持頭，授將軍其柄，曰：'從此上至天者，將軍制之。'復操斧，持頭，授將軍其柄，曰：'從此下至淵者，將軍制之。'"這段話非常具體地說明了君主授予將軍軍事權力時的儀式——把象徵最高軍事權力的斧鉞交給將軍。

　　可見，上古時期，"王"在先民心目中是武功卓著的最高軍事統帥，因此，用斧鉞之形表現"王"。到了商代，一個國家權力地位最高的人被稱作"王"，從"王"的最早字形看，稱"王"主要是因為武功卓著。

‧‧ 以文易武

　　隨着漢字形體的發展演變，"王"的小篆字形已經喪失了象形功能；同時，"王"在人們心目中的形象也不再是最高軍事統帥，而是行仁政、得民心，如民父母，因而天下歸往。於是，東漢文字學家許慎在《說文解字》中把"王"字解釋為："天下所歸往也。董仲舒曰：'古之造文者，三畫而連其中謂之王。三者，天、地、人也，而參通之者，王也。'孔子曰：'一貫三為王。'"意思是說，"王"就是天下人都願意歸順、嚮往的人，字形中的三橫分別代表天、地、人，中間的一豎表示貫通，王就是能夠參透貫通天、地、人的人。顯然，在儒家眼中，"王"的主要功績不是武功而是文治。

東周時期，"王"是最崇高的稱號，只有周天子才能擁有，如果諸侯稱王，則表示這個諸侯國已經不承認周天子對自己的領導權了。春秋五霸中最出名的齊桓公、晉文公，名義上很尊重周天子，因此沒有稱王。第一個僭越稱王的是楚武王熊通，他認為自己作為一個子爵，在諸侯之中難以有號召力。於是，公元前704年，托隨侯向周天子進言，要求提升其級別。周朝大臣見南面楚國已經虎視眈眈了，如果加封稱號，必如虎添翼，紛紛直諫勸阻，楚王之計落空。楚武王得知周天子拒絕提高其爵位，暴跳如雷，便自尊為王。楚國稱王的消息發佈以後，只有周天子控制的少數諸侯國表示強烈譴責，再有就是一些儒生發表一些"世風日下"、"人心不古"、"禮樂崩壞"的感歎。各國的反應，大出楚王的意料。之後，有稱王野心的強國紛紛效尤。到戰國時期，由於秦遷九鼎，東周滅亡，各諸侯心中再沒任何顧忌，加上少數國家已經稱王，其他國家也陸續稱王。

天　子

•• "天子"即"天神之子"

"天"字殷商時期的金文寫作"🧍"、"🧍"，像正面站立的人形而突出頭部，本義就是頭。因此，人頭上的某些部位被冠以"天"名，如"天庭"、"天靈蓋"。古代神話傳說中，有一個與天帝抗爭的英雄，他被砍掉了頭以後仍用雙乳作眼睛，以肚臍作

8

口，雙手拿着被稱為“干”、“戚”的兩種武器不停地戰鬥，這個失敗的悲劇英雄被叫作“刑天”。他之所以被稱為“刑天”，就因為他的“天”（即“頭”）被砍掉了。“頭”在人體的最高處，因此，“天”又引申有“天空”、“上天”、“天神”等意義。“子”的意思就是“小孩、孩子”。因此，“天子”的意思就是“天神的長子或嗣子”。

周代統治者自稱為天子，即天神之子，這源於一個傳說。傳說有邰氏之女姜嫄，經常祭祀求子。有一次她去郊外祭祀，發現一個巨大的腳印，踩上之後，頓時覺得有懷孕的感覺，後來生下一個男孩。姜嫄覺得這個孩子是不祥之兆，想將他拋棄：先把他扔到狹窄的小巷子中，結果牛馬從那裏經過，都避開這個孩子而不踩踏他；又打算把他扔到山林中，卻正趕上有很多人在那裏伐木；於是把他扔在冰上，結果飛鳥用自己的翅膀覆蓋保護這個孩子。這個孩子被拋棄三次，都大難不死，姜嫄認為這是神靈保佑，便抱回撫養，由於曾被拋棄的緣故，於是給孩子起名“棄”，這個孩子就是周的始祖后稷。傳說那個巨大的腳印是天神的腳印，因此后稷就是天神的孩子。周代的最高統治者稱作“天子”，表示他是天神的後代，他的權力是天神給的，他是上天派到人間來“一統江湖”、治理天下的。後來，皇帝聖旨往往以“奉天承運”開頭，目的也是強調皇帝得到了上天的授權。

••"帝"：享受祭祀的茅草

"帝"在文獻中可以指"帝王"，也可以指"天神"。也就是說"帝"既可以指人，又可以指神。"帝"為甚麼亦神亦人呢？這要從"帝"的古文字形說起。

"帝"的甲骨文字形作""，是一種捆紮成人形的茅草，但這捆茅草可不是用來嚇唬麻雀的"稻草人"，它是代表鬼神來享受祭祀的。古代祭祀時，把酒倒在捆束好的茅草上面，先民看到酒滲入其中，就感覺被祭祀者已經享用了這些酒，這種儀式叫作"縮酒"。這種用來縮酒的茅草主要產於南方的楚國等地。《東周列國志》："蠻荊久在化外，宣王始討而服之。每年止貢菁茅一車，以供祭祀縮酒之用，不責他物，所以示羈縻之意。"意思是說楚國長久處於南方，沒有受到周王朝的教化，周宣王征討南方諸侯國，使他們臣服，從此楚國每年為周王朝進貢一車菁茅，用於祭祀時縮酒之用，而不要求其他貢品，以表示對地處南偏的楚國的羈縻政策。後來楚國不按時進獻菁茅，這成為齊桓公代表周王朝征討楚國的重要理由。《左傳·僖公四年》："爾貢包茅不入，王祭不共，無以縮酒，寡人是徵。"意思是：你們應該貢獻的包茅不按時進獻，周王祭祀時包茅供應不上，沒有用來縮酒的東西，這是我要責問你的。

茅草的"神氣"

由於這種捆紮成人形的茅草代表鬼神享受了祭祀,因此,造字時就用這種捆紮成人形的茅草形表現祭祀對象。普通的茅草也就成了神的"欽差","神氣"活現。早期卜辭中,"帝"主要用來指自然界的神靈,同人無任何親戚關係;武丁以後,"帝"開始包括商王的先祖。顯然,不管是自然神,還是祖先神,都是神,也就是説,"帝"最初的意義是神,是祭祀對象。從文獻用例看,傳説中的"五帝"是對為華夏民族作出傑出貢獻的先祖的稱謂,"天帝"是自然神,也就是説,"帝"最初不是最高統治者的稱號,而是享受祭祀的神靈。

沾上"人氣":拍馬屁的結果

"帝"後來成為最高統治者的稱號,完全是歌功頌德的產物。根據《史記·秦始皇本紀》記載,秦滅六國之後,嬴政召集丞相王綰、御史大夫馮劫、廷尉李斯等人開始"議帝號"。眾臣商議,嬴政在滅六國之前,被稱為"秦王",現在嬴政滅掉六國,遠遠不只是一國之王,他統治的區域遠遠大於秦國。那麼,這位居於七國之尊的嬴政,究竟應該有一個甚麼樣的"尊號"?應該具有多大的權力?有的大臣提議:中國古有天皇、地皇、泰皇,為"三皇",泰皇為最高、最尊、最貴,所以嬴政應該稱"泰皇"。但是也有人認為:古有五帝,即黃帝、顓頊、帝嚳、唐堯、虞舜,而嬴政的功績為"五帝所不及"。嬴政最後取"三皇"之"皇"、"五帝"之"帝"合為"皇帝"。嬴政是第一個皇帝,所以稱"始皇帝"。從此"帝"成為"王天下之號",變成對人的稱謂。

君

古代最高統治者除了先後被稱作"后"、"王"、"天子"、"帝"外，還有一種稱謂——"君"。最高統治者為甚麼被稱為"君"？與之相關的"君子"一詞為甚麼會變為對"有美德的人"的尊稱呢？

●●"君"：發號施令的當權派

"君"的甲骨文字形作"𠃍"，小篆字形作"君"。上邊的構件像手握象徵權力的手杖之形，表示掌握權力、管理事務的人，這個構件單獨成字為"尹"，是古代一種官名，比如"京兆尹"相當於今天北京市的市長。下邊的構件是"口"，表示發號施令。"君"的本義就是地位尊貴的權力擁有者，最高統治者是一國之中地位最尊貴的人，因此稱為"國君"。

●●"德美"取代"位高"

"君"由"地位尊貴的權力擁有者"引申為對人的敬稱，現代有些人在稱呼別人時，也在對方名字後邊加一個"君"字，以表示尊重。

"君"由"地位尊貴的權力擁有者"還可引申為"具有完美人格和高尚道德的人"，即"有美德的人"。

春秋戰國時期，"君子"一詞已經有了這兩個義項。因為這兩個意義並存，也曾引起過誤會。《左傳》就記載了一個因對"君子"詞義誤解而導致戰爭失敗的例子。"齊晉鞌（ān）之戰"中，邴夏為齊國國君駕車在前面奔逃，後面是晉國貴族韓厥的戰車在追趕。當時一般將士在戰車上的排列次序是，地位高的人在左側，韓厥是他的戰車中地位最高的人，應該在左側。但是前一天晚上，韓厥夢見父親子輿告訴他不要站在戰車的兩側，讓他避開左右位置，於是韓厥就佔據中間的位置，代替駕車者駕車。齊國的駕車者邴夏認出了中間的韓厥，他說："射其御者，君子也。"意思是說，射擊那個中間駕車的人，他的官最大。當時齊侯把"君子"誤解為"有美德的人"，於是說："謂之君子而射之，非禮也。"意思是說，稱讚他為"有美德的人"，卻還射擊他，這是不合禮儀的。於是就沒有射擊中間的韓厥，而向他兩邊的人射擊，結果韓厥追上了齊國國君的戰車。這個故事說明，"君子"一詞在當時有兩個意義，即"有地位的高官"和"有美德的人"。

現在，"君子"的本義"有地位的高官"已不再使用，其引申義"有美德的人"成為常用義。

元　首

現代國家最高領導人一般通稱為"元首"。"元首"一詞為甚麼會有這個意思呢？這個意義與"元"、"首"兩個字的意義有甚麼關係呢？

　　"元"字商代金文作""，像一個站立的人形側面，突出其頭部，本義就是"頭"，或者説"腦袋"。"元"的這個意義在古代文獻中比較常見，如《左傳·僖公三十三年》："（先軫）免冑入狄師，死焉。狄人歸其元，面如生。"意思是説，先軫沒有戴盔甲闖入狄人的戰陣，戰死在那裏。狄人歸還了他的頭，結果他的面部跟活着時一樣。其中"元"就是"頭"的意思。

　　"首"字甲骨文作""，像人頭形，上邊是頭髮，本義也是"頭"，如"俯首"、"昂首"中"首"都是"頭"的意思。

　　"元"與"首"意義相同，可以組成並列式合成詞"元首"，組合後產生新的意義"最高領導人"。

我們常聽說"諸侯爭霸",甚麼是諸侯?要弄清這個問題,我們還要從"侯"字的形體談起。

"侯":射箭的靶子

"侯"字甲骨文作"𠂤"或"𠂤",由取象箭頭的"矢"構件和"厂"(或呈倒形)構件組成,"厂"在這裏表示甚麼呢?古代舉行大射禮的時候,常用獸皮或布做靶子,"厂"就表示用獸皮或布做成的靶子。整個字形表現的是箭頭射向靶子之形。因此,"侯"的本義就是射箭的靶子,如《詩經·齊風·猗嗟》:"終日射侯,不出正兮。"其中"射侯"就是用箭射靶。

由靶子到射箭高手

原始社會,人類既要抵禦其他部落的侵犯,又要防範其他動

物的侵擾，弓箭是非常重要的武器，而能一箭中靶既有實用價值，又具轟動效應。因此，那些擅長射箭的高手就被稱作"侯"。

•• 以神射覓封侯

族羣之中，那些射箭能手因為能保護眾人，往往被推舉為首領。"侯"逐漸引申為爵位名稱，後來，"侯"字形體又增加了"人"的構件，小篆字形作""。從文獻記載看，最初封侯是與射箭技術有密切關係的。如《禮記•射義》："故天子之大射，謂之射侯。射侯者，射為諸侯也。射中則得為諸侯，射不中則不得為諸侯。"意思是說，天子舉行的大射禮，叫作射侯。射侯的意思就是因射箭而成為諸侯。射中靶子的，就可以封為侯，射不中靶子的就不能封為侯。

後來，諸侯成為古代中央政府所分封的各國國君的統稱。周代時，諸侯分為公、侯、伯、子、男五等。根據史料記載，不同爵位的封地大小有明確規定，公、侯的封地為一百里，伯的封地為七十里，子、男的封地為五十里。周公攝政時，擴大了各等爵位的封地，變為：公的封地為五百里，侯的封地為四百里，伯的封地為三百里，子的封地為二百里，男的封地為一百里。

保

"保"字商代金文作"🐝"，像人背負着孩子之形，《尚書•

召誥》"保抱攜持厥婦子"中"保"就是"背負"的意思。"保"由"背負"又引申有"保護"的意思。後來,因輔佐大臣對王負有保護輔導的責任,於是也被稱作"保"或"太保",如:西周成王時,三公之一的召公奭(shì)就曾擔任"太保"這個職務。

傅

"傅"和"保"是同樣古老的官職,又作"輔"。"輔"字以"車"為部首,本是指綁在車輪外用以增強車輪載重力的兩根直木,由於它對車輪有輔助作用,因此引申有"輔助"的意思。作為官職,"輔"是在帝王左右輔佐帝王的大臣,後來為這種官職名稱重新造了以"人"為部首的"傅"字。"傅"的本義也是"輔佐"。傳說商代有一個叫傅說的人就做過商王武丁的丞相。因此,輔導君主的官稱為"傅"、"相",《周禮》把"太師"、"太傅"、"太保"稱為"三公","三公"是當時朝廷中地位最為尊顯的三種官職的合稱。

丞

"丞"字甲骨文作"",像一個人在陷阱中,上邊兩隻手向上拽他,表示"救援,拯救"的意思。在字形演變過程中,陷阱形構件與人腿部線條合併訛變為形近的"山",小篆字形作"",後來字形又進一步簡化,楷書字形變為"丞"。因"丞"字有"拯救，佐助"的意思，古代輔佐帝王、治理天下的高級官吏也稱為"丞"。傳說商周時期有所謂的"四輔"，其中之一就是"丞"。後來把最高行政長官叫作"丞相"。"丞"由"輔佐"義又引申為"佐官"，如漢代御史大夫的助手叫御史中丞，郡守之下有郡丞，縣令之下有縣丞。

宰

"宰"字甲骨文作""，由"宀"、"辛"兩個構件組成，"宀"表示房屋，"辛"表示古代的一種刀具。古代先民以宗族為單位祭祀先祖，以牛羊豬等作為祭品，祭祀之後，把用來祭祀的牛羊豬等分給本宗族的成員，以此表示接受先祖的福佑。因此，整個字形表示在屋內操刀切割牛羊等祭祀品。從文獻看，直至漢朝，宰的重要職責之一還是操刀分祭肉。《漢書·陳平傳》："里中社，平為宰，分肉食甚均。里父老曰：'善，陳孺子之為宰！'平曰：'嗟乎，使平得宰天下，亦如此肉矣！'"意思是說：陳平所在的里舉行祭祀土地神活動時，陳平作宰，他分祭肉分得非常均衡；因此父老鄉親誇獎他做宰做得好；他回答說，如果讓他做天下的宰，他也能做得非常好。顯然，主刀切分祭祀品的人，不是隨隨便便指定的，而是本宗族內有一定威望的人，是宗族內輔助族長處理政務的管理者。因此，輔助王侯或大夫處理事務的最高官職被稱作"宰"：輔助國君處理政務的最高官職被稱作"宰相"，輔助大夫處理政務的最高官職被稱作"家宰"。關於宰相職責，後來果真成為"天下之宰"的陳平有過總結："宰相者，上佐天子，理陰陽，順四時，下遂萬物之宜，外鎮撫四夷諸侯，內親附百姓，使卿大夫各得任其職也。"由於"宰"的最初職責是用刀切割牛羊等祭祀品，因此，"宰"又有"宰殺"之義。

卿

"卿"字甲骨文作"𦣞"，中間是裝有食物的食器，兩邊是面對食器而坐的人，表示兩人面對面共同進餐。它表示的是"鄉人共食"的意象，是"饗"字的最初寫法；也指"跟自己共同飲食的氏族聚落"，即"鄉"的最初寫法；還可以指共同飲食的氏族聚落中的"鄉老"（因代表一鄉而得名）。進入階級社會後，"鄉老"成為"鄉"的長官，被稱作"卿"，因此該字也是"卿"的最初寫法。後來，有"九卿"之說，"九卿"是指古代中央政府的高級官員，皇帝有時稱他們為"愛卿"。

臣

"臣"字甲骨文作"𦣞"，像眼睛豎立之形。當一個人低着頭而眼睛向上看時，眼睛會呈這種豎立狀。中國古代社會等級森嚴，臣僕奴隸在主人或上級面前只能低頭表示順從，不敢抬頭正視自己的主人或上級，所以，他們看主人或上級時眼睛會呈豎立的樣子。於是，造字時，用豎立的眼睛表示"臣"。作為國君的臣子，他的責任就是侍奉君主，因此，《說文解字》把小篆"臣"字說解為"事君也。象屈服之形"。

牧

"牧"的甲骨文字形作"𤘤"或"𢻩"，像手拿棍棒驅趕牛羊之形，本義就是"放牧牲畜"，如"蘇武牧羊"中"牧"就是這個意思。"牧"作為職官名稱，最初指放養六畜的官，《列子·黃帝》"周宣王之牧正"，其中的"牧正"意思是"牧官之長"。"放牧牲畜"是對牲畜的管理，因此"牧"又引申為"管理者"的意思，《周禮》中司徒的屬下就有"牧人"一職。傳說舜時把天下分為十二州，設立州牧（一稱州伯），"牧"在這裏是管理者的意思，也就是各個州的行政長官。夏代天下分為九州，也有州牧，職能與舜時相同。到了商周兩代，牧還是地方長官，季歷就曾擔任牧師。應該說明的是，這時的牧，並不在地方任職。《禮記·曲禮下》："九州之長，入天子之國，曰牧。"可見，牧是通常所說的八命之類的人物，出於地方，入朝輔佐天子，負責監察、監督諸侯。西漢後期，"牧"再次成為州一級長官的專稱，即把職官名稱"刺史"改為"州牧"。

令

　　"令"字甲骨文作""，上邊的三角是"口"的變形，表示發出號令者，下邊的構件像一個人跪着接受命令，本義就是"命令"。"令"作為官職，取義於發佈命令的人，如：戰國時，楚國最高行政長官稱令尹，漢代有郎中令、尚書令、樂府令等官職。"縣令"則自秦漢一直沿用至清，長達兩千年之久。至今，司令仍是指軍隊中的長官。

士

　　"士"的金文字形作"士"，像斧子之形，斧子在上古社會不僅是對外征伐的武器，也是對內行刑的工具，因此，

斧

商周古文字中，斧鉞形既用來記錄最高軍事統帥"王"，也用來記錄古代掌管刑獄的官吏"士"。為了區別，"士"字比"王"字少最上邊的一橫。後來"士"的意義發生引申變化，泛指具有一定身份地位的特定社會階層。戰國時的"士"，有著書立說的學士，有為知己者死的勇士，有懂陰陽曆算的方士，有為人出謀劃策的策士等。因此，許慎在《說文解字》中把"士"字說解為"事也"。意思是說，"士"就是善於做事的人。現代社會，"士"往往是對品德好、有學識或有技藝的人的美稱，如"志士"、"勇士"、"謀士"等。

"工"字甲骨文作""、" ",像曲尺之形，"曲尺"是工匠重要的勞動工具。古人常常用某種身份或職業常用的工具來表示該身份或職業。"曲尺"是工匠的常用工具，因此用來表示"工匠"這種職業。"工"的本義就是"工匠，工人"。如"工欲善其事，必先利其器"、"木工"、"電工"中的"工"都是該意義。

曲尺

男

"男"字甲骨文作" "，由"田"、"力"兩個構件組成。"田"就是田地，"力"可不是"力氣"，而是原始農業中一種掘土工具（"力"字甲骨文作" "，字形中的短畫像踏腳的橫木），因此，甲骨文"男"字的意象就是用"力"這種農具耕田。用農具耕田的意象來表現"男"字，說明當時男子的主要職責是從事農業生產。後來，"力"這種農具被結構更複雜、效率更高的"耒"代替。隨着"力"這種農具的歷史使命結束，"力"的引申義"力量"、"力氣"成為其常用義，而其本義漸漸淡出人們的視野。因此，許慎根據小篆字形對"男"的構意重新作出説解："男，丈夫也。從田從力。言男用力於田也。"此外，"男"還成為古代"公侯伯子男"五等爵位之一。

婦

今天，一看到"婦"字，我們就會想到婦女。但在古代，"婦"可不是一般的婦女，她具有可以與鬼神溝通的特殊身份。在卜辭中，我們經常可以看見"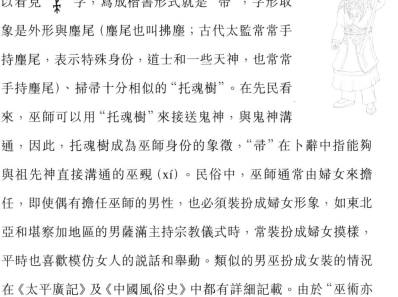"字，寫成楷書形式就是"帚"，字形取象是外形與塵尾（塵尾也叫拂塵；古代太監常常手持塵尾，表示特殊身份，道士和一些天神，也常常手持塵尾）、掃帚十分相似的"托魂樹"。在先民看來，巫師可以用"托魂樹"來接送鬼神，與鬼神溝通，因此，托魂樹成為巫師身份的象徵，"帚"在卜辭中指能夠與祖先神直接溝通的巫覡（xí）。民俗中，巫師通常由婦女來擔任，即使偶有擔任巫師的男性，也必須裝扮成婦女形象，如東北亞和堪察加地區的男薩滿主持宗教儀式時，常裝扮成婦女摸樣，平時也喜歡模仿女人的說話和舉動。類似的男巫扮成女裝的情況在《太平廣記》及《中國風俗史》中都有詳細記載。由於"巫術亦常是婦女的特權"，"帚"字逐漸演變為已婚女子的通稱，並增加"女"旁補充構意。婦女在封建社會中，地位比較低下，"三綱五常"中的"三綱"即"君為臣綱，父為子綱，夫為妻綱"，要求為臣、為子、為妻的必須絕對服從於君、父、夫。許慎就在《說文解字》中把"婦"字說解為"服也"。

僕　隸

　　"僕"的甲骨文字形作"🜚"，像戴有頭飾和尾飾，手捧畚箕做粗活賤活的人；"隸"的甲骨文字形作"🜚"，像一隻手抓住尾巴，表示尾飾被抓住之人，指供人役使的奴隸。"僕"、"隸"的甲骨文字形都突出了尾飾，說明尾飾在古代是地位低賤的"僕"、"隸"的象徵。為甚麼尾飾會成為"僕"、"隸"身份的象徵？這是因為中原地區進入農業為主的社會以後，某些以狩獵為主要生產方式的邊遠少數民族地區，他們的服飾習慣與華夏民族有較大差別，有的民族習慣帶有尾飾，這些帶有尾飾的少數民族士兵在戰爭中成為俘虜之後，變為奴隸。後來，尾飾就成為醜陋、落後、不開化的標誌，因此，造字者就以帶有尾飾的人形作為"僕"、"隸"的象徵。

奚

　　"奚"的甲骨文字形作"🧍"，金文作"🧍"，小篆作"🧍"，下邊的構件為正面人形，中間的構件像繩索，最上面的構件為手形，整字構意是一個人被繩索牽繫，本義就是奴隸，主要指女奴。《周禮‧天官‧冢宰》："酒人，奄十人，女酒三十人，奚三百人。"其中奚就是指女奴；"奚"在以後的詞語中也是奴隸的意思："奚女"（婢女）；"奚奴"（女奴。今泛指奴僕）；"奚童"（奚僮，指未成年男僕）；"奚隸"（男女奴隸）。

民

　　"民"的金文字形作"👁"，像一尖銳之物刺向左眼之形。遠古時期，俘虜成為奴隸時，常常刺瞎其左眼作為奴隸的標誌。後來"民"成為社會最底層蒙昧無知的人的總稱。《論語‧泰伯》："民可使由之，不可使知之。"《商君書‧更法》："民不可與慮始，而可與樂成。"意思是"民"愚昧無知，所以只需要讓他們去做事，而不用讓他們知道為甚麼這樣做，不可與他們一起謀劃事情。上古文獻中"民"和"人"的區別很大："民"一般都是被"愚"、"賤"、"頑"、"刁"、"奸"等帶有貶義色彩的字修飾，構成"愚民"、"賤民"、"頑民"、"刁民"、"奸民"，而不能被"賢"、"哲"、"聖"、"偉"、"能"等帶有褒義色彩的字修飾；而"人"能接受這些字眼的修飾，比如"賢人"、"哲人"、"聖人"、"偉人"、"能人"。

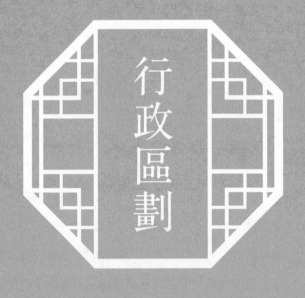

行政區劃

邦國封地
區劃層級

◇　◇　◇　◇

　　現代中國社會的行政區劃非常清楚，國家之下依次是省、市、縣、鎮（鄉）、村等，這些名稱大都是從古代傳下來的。表示行政區劃名稱的這些用字最初表示甚麼意思？其字形之中包含哪些文化密碼？本章從古文字入手，通過分析古代中國行政區劃名稱的典型用字"邦"、"國"、"家"、"州"、"縣"、"鎮"、"社"、"鄉"、"村"、"里"等所包含的文化內涵及其意義變化，讓讀者對這些行政區劃名稱不僅知其然，而且知其所以然，從而大致了解古代中國社會的行政區劃特點及變化。

邦國封地

邦

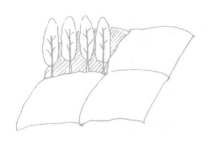

從古至今，植樹都是澤被後世的好事，今天多從環保考慮，而古代，除了環保之外，植樹還有劃定疆界的作用呢！甲骨文"邦"字作""，像在田上植樹之形，表示以植樹作為劃定疆界的標誌。古代諸侯國稱作"邦"，"邦"是"疆界內的封地"，後來又增加表示人羣聚居地方的"邑"（簡化為右"阝"）構件。這種以植樹定疆界的習俗也流傳到了今天。現代農村，不同村莊的土地往往以成行的樹木或溝渠為界限。除此之外，這種習俗在其他漢字上也有反映。比如"封"字，本義就是劃定疆界，它的甲骨文字形作""，像在土堆上植樹之形，表示"堆土植樹為界"，到西周時金文增加手形作""。

國

　　"國"的甲骨文字形作""，由"戈"和"囗"兩個構件組成，"囗"表示一定的疆域，"戈"是武器，整個字形表示用武器守衛的疆域。後來，為了突出疆域特點，又在外邊增加了一個"囗"構件，作"國"。"國"在古代文言文中常用作"王、侯的封地"或"都城"義，前者如"齊國"、"魯國"、"諸侯國"，後者如范仲淹《岳陽樓記》"去國懷鄉，憂讒畏譏"。現代漢語中，"國"的意思是有土地、人民、主權的政治實體。

戈

家

　　"家"的甲骨文字形作""或""，像房屋內有豬之形，以房屋和豬表示擁有一定的私有財產的血緣團體，即"家庭"。在中國古代，"國"指諸侯統治的地方和疆域，"家"指卿大夫統治的地方和疆域。後來兩者通稱成為"國家"，現代漢語中的"國家"一詞主要指"國"。"國家"在不同地方、不同時間有不同的定義。在古希臘，國家是指城邦的意思。現代國家，一般包括三要素，即人口（居民）、領土（疆域）、主權（權力）。而"家"在現代主要指共同生活的眷屬和他們所住的地方。

州

"州"字甲骨文作""或"",像在寬闊的川流中有一塊土地之形,表示水中可供居住的高地,也就是小島。據史料記載,堯時華夏大地曾經歷過洪水時期,當時"湯湯洪水滔天,浩浩懷山襄陵",華夏大地淹沒在洪水之中,只有高大的山峰能露出水面。大禹治水後,水位下降,逐漸露出越來越多可供人居住的高地。後來大禹將它們劃分為不同的行政區域,這就是九州,從此,華夏大地又被稱為"九州"或"神州"。後來,表示水中高地的"州"字又增加"水"旁作"洲"。目前我們說地球上有七大洲的"洲"仍是水中可供居住的高地的意思;而"州"則主要作為行政區劃名稱,現代地名中帶"州"字的地名主要來源於古代行政區劃名稱,如"杭州"、"廣州"、"徐州"。

縣

　　"縣"的金文字形作""，像人頭被繩索繫住懸掛在樹上之形。本義就是"懸掛"，讀作"xuán"。"縣"是如何成為行政區劃單位的呢？春秋時期，秦、晉、楚等強大的諸侯國，不斷對弱小國家進行侵略、兼併，以擴大自己的疆域。他們為了壯大自己、削弱對手，往往採取"近交遠攻"的策略，即與鄰近國家交好，而對遠方的國家施用武力。被兼併的遠方諸侯國的領地，與他們原有的國土並不相互連接，像懸掛在遠處一樣。為了有利於對被兼併的邊遠地區的統治，他們把那些被兼併的地方設置為"縣"。"縣"與卿大夫的封邑不同，是直接隸屬於國君的地方行政區域。春秋中期以後，設縣的國家增多，有的在國家內也設置了縣，縣開始成為地方行政組織。春秋末期，有的國家又在新得到的邊遠地區設置了郡。戰國時期，產生了郡統轄縣的兩級地方行政組織。

鎮

　　"鎮"字以"金"為部首，本義是"壓物之器"，一般分有鎮紙、鎮席等。"鎮"的歷史源遠流長，據考證，魏晉以前古人一般席地而坐，大都是坐在草蓆上。王室貴冑有低矮的床榻，上面也要鋪蓆，這些蓆就需要用鎮來壓住邊角。有的床上置帷帳，帷帳四角也常用鎮來壓住。"鎮"由"壓物之器"引申為"安定，安撫"、"壓制，抑制"等意義。北魏時期，開始在重兵駐守的邊塞地區設"鎮"，後來，北邊諸鎮都改為州，唐代鎮戍的權力減輕。唐末五代時期，節度使在自己的境內設鎮，置鎮使、鎮將等，除管理和防禦外，還向人民徵收器甲糧餉，掌握地方實權。到宋初，為了加強中央集權，除人口眾多、商業繁榮的鎮以外，都將鎮使、鎮將罷免，把他們的權力收歸知縣。宋以後，稱縣以下的小商業都市為鎮。現代社會，"鎮"主要指縣下設置的基層行政單位。

社

"社"字甲骨文作"〇"，像築土為壇之形，本義就是土地神。因為土地十分廣博，不可能每一處都去祭祀，於是築一個土壇來代表土地神接受祭祀。造字時，就用土壇之形表示土地神。"社"由土地神引申指"祭祀土地神的地方"。根據《禮記·祭法》記載："王為羣姓立社曰大社，王自為立社曰王社，諸侯為百姓立社曰國社，諸侯自為立社曰侯社，大夫以下成羣立社曰置社。"古代從天子到諸侯，凡是有土地者都可以立社，鄉民也要成羣立社。根據《周禮》記載，"二十五

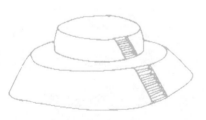

用來祭祀土地神的土壇

家為社，各樹其土所宜之木”，意思是説，每二十五家要立有一個共同的社，顯然，這些“社”都是指祭祀土地神的地方。

由於社壇周圍要栽種上適宜的樹木，後來為了突出“社”的這個特點及其神性，又增加了表義構件“示”和“木”，“社”字變作“禮”，小篆字形又省去“木”構件變作“社”。“社”由祭祀土地神的地方又引申為“祭祀土地神的活動”，如：“社日”、“社戲”、“社火”。由於“祭祀土地神的活動”是羣眾參加的，因此“某些羣眾集體組織或國家機構”也稱為“社”，如：“合作社”、“公社”、“結社”、“報社”、“通訊社”、“出版社”、“社員”。其中“公”、“社”兩字連用首先出現於《禮記·月令》“孟冬之月……天子乃祈來年於天宗，大割祠於公社及門閭”，這裏的“公社”指的是“以上公配祭”（孔穎達疏）的祭祀場所，也就是中國古代官家祭祀天地神鬼的處所。

後來，意義為“中古歐洲自治城鎮組織”的英文單詞commune 用“公社”來翻譯，於是“公社”一詞有了自治城鎮的意思，如：人類社會歷史上最早階段的社會組織，叫作原始公社；曾經在中國風行一時的政治經濟合一的鄉級組織，又叫“人民公社”（1958—1978）。

鄉

　　“鄉”字甲骨文作“”，中間是裝有食物的食器，兩邊是面對食器而坐的人，表示兩人面對面共同進餐。它表示的是“鄉人共食”的意象，是“饗”字的最初寫法；也指“跟自己共同飲食的氏族聚落”，因此也是“鄉”的最初寫法；還可以指共同飲食的氏族聚落中的“鄉老”（因代表一鄉而得名）。進入階級社會後，“鄉老”成為“鄉”的長官，後來稱作“卿”。後來“鄉”字引申為“基層行政區劃名”，指縣以下的農村基層行政單位，又泛指城市以外的地區。

鄙

　　“鄙”的甲骨文字形作“”；上邊的構件為“囗”，表示一定區域；下邊的構件像倉廩之形。整個字表示倉廩所在之處，本義就是“郊野”。後又增加表示人羣聚居地方的“邑”（即右“阝”）

構件。“鄙”由“郊野”義引申指“邊遠的地方”，後來成為行政區劃名稱，根據《禮記·月令》“五家為鄰，五鄰為里，四里為酇，五酇為鄙”，一鄙大約包括五百家。

村 里

　　"村"字本作"邨"，由右"阝"和"屯"兩個構件組成。其中右"阝"是"邑"的簡化變形，表示人羣聚居的地方；"屯"有聚集的意義特點。"邨"本義就是"聚落，村莊"的意思，後來寫作"村"。"里"字由"田"、"土"兩個構件組成，本義就是"鄉村廬舍"，後泛指"鄉村居民聚落"，又指"城邑的廬里、街坊"，今稱巷弄。根據《周禮》，大約二十五家為一里，設有里長。

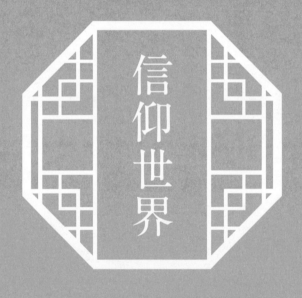

信仰世界

判斷吉凶的依據

自然神崇拜

祖先神崇拜

祭品種類

祭祀方式

對鬼和妖的態度

人們心目中的聖人

◇　　◇　　◇　　◇

　　在中國古代先民的心目中，"萬物有靈"，也就是天、地、山、川、草、木、石以及各種動物都有靈性，都可以成"神"，即自然神。人也可以修煉成仙，成神；死後則變成鬼。人死後變成的鬼神，就是祖先神。先民認為，人的一切都由各種神和鬼決定，因此做事之前往往向鬼神問卜，並通過祭祀尋求鬼神的福佑。本章通過分析相關古文字形，對古人的信仰世界進行大致勾勒，內容包括：古人判斷吉凶的依據、對自然神和祖先神的祭祀、祭品種類、祭祀方式、對鬼和妖的態度以及古人心目中的聖人等。

判斷吉凶
的依據

卜 兆 禍

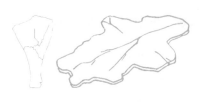

帶有占卜徵兆裂紋的獸骨

先民對於事物的發展規律缺乏足夠的認識，因而借由自然界的徵兆來指示行動。但自然徵兆並不常見，必須以人為的方式加以補充，占卜的方法便應運而生。中國古代占卜所用的材料主要是烏龜的腹甲和牛的肩胛骨。通常先在準備用來占卜的甲骨的背面挖出或鑽出一些圓形和長形的小坑，這種小坑被甲骨學家分別稱之為"鑽"、"鑿"。占卜的時候就在這些小坑上加熱，使甲骨表面產生裂痕。

"卜"的甲骨文字形作"Ϋ"或"Y"，像古代用龜甲或獸骨進行占卜時所出現的兆紋之形，讀音如裂紋的爆破聲。本義就是"占卜"。這種裂痕也叫作"兆"，"兆"的小篆字形作"兆"，由"卜"、"兆"兩個構件組成，"卜"是兆紋之形，"兆"也是兆紋之形，"兆"的本義就是"兆紋"。後來"兆"字的"卜"構件省略。兆紋是占卜者據以判斷吉凶的依據，因此"兆"引申為有事情發生之前的徵候或跡象，即"徵兆"。

"禍"的甲骨文字形作""，外邊的輪廓像一塊肩胛骨，中間的"卜"表示該肩胛骨是用來占卜的卜骨，中間的另一長斜線是卜骨上出現的炸裂兆紋。古人大概認為這種炸裂兆紋是不吉利的徵兆，於是用這種帶有炸裂兆紋的卜骨表示災禍。先民認為災禍是上天或鬼神降下的，所以"禍"字又增加表義構件"示"。

示

"示"的甲骨文字形作""或""，像代表祖先靈魂或自然神托居之所的牌位，也叫神主。因這神主代表祖先靈魂或自然神，是人們祭祀或朝拜的對象。

後來"示"字發生演變，小篆字形作""，《說文解字》說解為："天垂象，見吉凶，所以示人也。從二（二，古文"上"字），三垂，日月星也。觀乎天文以察時變，示，神事也。"也就是說，《說文解字》把小篆"示"字

牌位

說解為"上天或鬼神顯現出各種徵兆，用來告訴世人吉凶禍福"，後來許多與祭祀或鬼神相關的字都增加"示"構件。

自然神崇拜

遠古先民認為自然萬物都有靈性，因而把天、地、日、月、星、山、石、海、湖、河、水、火、風、雨、雷、雪、雲、虹等天體萬物及自然變化現象都看作崇拜和祭祀的對象。

"神"字金文最早作""，像電耀屈折激射之形，即像閃電之形。"神"的本義就是天神。天神與閃電有甚麼聯繫呢？古人造字時為甚麼用閃電之形表示天神呢？原來，古人對於閃電這種自然現象感到神秘，認為是由天神所主宰，或者是天神的化身，所以，閃電這種自然現象成為古人崇拜和祭祀的對象 —— 代表天神，即天地萬物的創造者或主宰者。後來，"申"（"ご"的楷書寫法）又被假借作干支用字，於是"神"字又增加表義構件"示"。

社

　　“社”的甲骨文字形作“🜩”，像築土為壇之形，本義就是土地神。因為土地承載萬物，生養萬物，養育百姓，所以中國人歷來尊天而親地。但是土地十分廣博，不可能每一處都去祭祀，於是築土壇來代表土地神接受祭祀。《禮記·祭法》：“王為羣姓立社曰大社，王自為立社曰王社，諸侯為百姓立社曰國社，諸侯自為立社曰侯社，大夫以下成羣立社曰置社。”可見當時祭祀土地神已有等級之分。漢武帝時將“后土皇地祇”奉為總司土地的最高神，各地仍祀本處土地神。後來為了突出它的神性，又增加表義構件“示”。從“社”字形體可以看出，土地神是遠古先民崇拜和祭祀的對象。

　　最初相傳的社神有兩個：一是句龍。《左傳·昭公二十九年》“共工氏有子曰句龍為后土。”《禮記·祭法》記載：“共工氏之霸九州也，其子曰后土，能平九州，故祀以為社。”一是禹，傳說他勤勞天下，死後托祀於后土之神。東晉以後，民間以生前行善或廉正之官吏為土地神，且各地均有土地神。

稷

　　“稷”字《說文解字》古文作“𥝥”，左邊的構件是“禾”，右邊的構件像突出大頭的人形，整字構意就是五穀之神。為了突出它的神性，後來變作以“示”為部首的“禝”，最後統一作“稷”。

古時候君主為了祈求國事太平，五穀豐登，每年都要到郊外祭祀土地神和五穀之神。可見，五穀之神是古人崇拜和祭祀的對象。社稷壇就是這種用來祭祀土地神和五穀之神的地方。後來，人們就用"社稷"來代表國家。"社稷之憂"、"社稷之患"、"社稷之危"中的"社稷"都指的是"國家"。這個代稱現代白話文已經很少用了。

祖先神崇拜

"祖"的甲骨文字形作" "，像神主之形。神主是古時候為去世的先祖做的牌位，為後人供奉。古代人認為，人死後靈魂不滅，靈魂具有超自然力量，有能力保護本氏族成員，因此在原始社會的氏族公社時期，就出現了祖先神崇拜。直到今天，祭拜祖

紅山文化的女神頭像

先仍是中國民間的傳統習俗，人們通過敬祀儀式，來表達對祖先的緬懷，同時又祈望祖先能庇佑子孫，福蔭後代。可見，祖先神是古代崇拜祭祀的對象。

宗

　　"宗"字甲骨文作""，由內外兩個構件組成，外邊的構件表示房屋，裏邊的構件表示神主（或叫牌位）；整字用在房屋之中立祖先牌位，表示祭祀祖先的地方。可見，"宗"字形體説明古代先民具有崇拜和祭祀祖先神的習俗。

　　"帝"字甲骨文作"　"。如前所述，古代祭祀時，往往把一種特定的茅草捆紮成類似人的形狀，祭祀時把酒倒在上面，先民看到酒滲入其中，就感覺祭祀對象已經享用了這些酒，這種儀式叫作"縮酒"。由於紮成人形的茅草代表鬼神享受祭祀，因此，造字時就用這種紮成人形的茅草表現祭祀對象。在早期卜辭中，"帝"主要用來指自然界的神靈，同人無任何親戚關係；武丁以後，"帝"開始包括商王的先祖。從文獻用例看，傳説中的"五帝"是對為華夏民族作出傑出貢獻的先祖的稱謂。總之，"帝"字的形體説明，祖先神是古代先民的祭祀對象。

“福”的甲骨文字形作“”，像兩手捧酒樽在神主前祭拜，表示祭祀祈福，本義就是“福佑”。從字形看，祭祀用品為“酒”。同樣，“奠”字甲骨文作“”或“”，像把酒樽放在神前祭祀，祭品也是酒。

“禮”字甲骨文作“”，由“”和“”兩個構件組成，“”像鼓形，“”像兩串玉形。古代祭祀禮儀中，玉帛和鐘鼓是重要代表物，因此以“玉”和“鼓”組合表示古代祭祀的“禮”。後來由於字形演變，字形理據逐漸喪失，於是增加表義構件“示”，《説文

解字》説解為"履也，所以事神致福也"。也就是説，"禮"的本義是"祭神以致福的儀式"。由此本義引申有"禮儀"等意義。"禮"字形體説明玉器和樂器"鼓"也是古代祭祀用品。

牲 牷 犧

古代的祭祀禮儀有嚴格的程序，對祭祀用品的要求也很高。首先要求所選之牛身體完備，不能有任何缺陷，這可以從古人對"牲"的説解得到證明。許慎在《説文解字》中把"牲"解釋為"牛完全"；朱駿聲《説文通訓定聲》進一步説明："《周禮·庖人》注：'始養之曰畜，將用之曰牲。'是牲者，祭祀用牛也。"也就是説，只有選定祭祀的吉日後，才將用於獻祭的牛改名為"牲"。祭祀用的牛是根據占卜結果選擇的，如果所選之牛身體有缺陷，則不能用作犧牲。《左傳》記載，魯宣公三年，"郊牛之口傷，改卜牛，牛死，乃不郊"，這裏的"郊"就是指祭天，意思是，準備用來祭天用的牛口部受到損傷，就不用牠了，於是通過占卜重新選擇，結果重新選擇的牛又死了，因此就放棄了這次祭祀活動。同樣，魯成公七年春時，準備用來郊祀的牛角被鼷鼠啃噬，於是改換別的牛，結果"鼷鼠又食其角，乃免牛……不郊"，不但免牲不用，連祭天的郊祀也放棄了。由此可知牛的完整對於祭祀的重要性。

祭祀用牲不僅要身體完整，還要毛色純正，這可從"牷"、"犧"二字及其釋義得到證明。《説文解字》把"牷"説解為"牛純色”，即供祭祀用的顏色純一的牛。“犧”的本義也是毛色純一的牛。不同時代所崇尚的顏色不同，夏代崇尚黑色，殷商崇尚白色，西周崇尚赤色，秦崇尚黑色，因此不同時代祭祀用牛的顏色也隨之不同。《史記‧仲尼弟子列傳》記載，冉雍的父親地位低賤且品行不端，而冉雍本人卻是被孔子視為“可使南面”，即宜於做官的人。孔子曾對冉雍說：“犁牛之子，騂且角，雖欲勿用，山川其捨諸？”孔子在這裏以耕牛所產的小牛作比喻，意思是說，雖然是夠不上做犧牲的牛所產的小牛，只要長了一身漂亮而高貴的紅毛，一對周正的角，還是可以做犧牲的。意思是說冉雍雖然出身低賤，但只要他有做官的才能，還是可以做官的。其中“騂”是赤色，周代崇尚赤色，因此祭祀選用赤色的牛。可見，只有十分完美的牛才有資格作犧牲。

牢

由於古人對用於祭祀的牲畜的身體和毛色高標準、嚴要求，因此用於祭祀的犧牲，往往經過特殊的飼養，所謂“衣以文繡，食以芻菽”，意思是身上披着帶有花紋的絲織品，吃着最精細的飼料，這可是牲畜的“貴族”生活。

這種經過特殊飼養的用於犧牲的動物，又稱作“牢”，如“太牢”、“少牢”。“牢”在殷商時期的字形異體繁多，有的從牛作“🐂”，有的從羊作“🐑”，有的從馬作“🐎”，另一構件像平地上圍成的

圈欄；整字表示用圈欄畜養牲畜。該字在甲骨卜辭中的意義主要是用來祭祀的牲畜，也就是犧牲。作為犧牲，用"牢"要比"牛"隆重。

"祭"字甲骨文作"𥘅"，像以手持肉之形，旁邊的小點兒像血滴，本義是"殘殺"。《大戴禮記·夏小正》、《禮記·月令》都有"獺祭魚"、"豺祭獸"，其中"祭"就是"殘殺"。古代祭祖是要殺牲的，也就是説"祭祀"與"殘殺"之義相通，因此，"祭"又有"祭祀"義，由於古人非常重視祭祀，"祭祀"義成為它的常用義。為了突顯"祭"的這個義項，從西周金文起，"祭"字就增加了表義構件"示"。從"祭"古文字形及其用法可以看出，古代用來祭祀時，往往要將用來祭祀的牲畜剖殺，然後再拿其肉祭祀。

"孟"字商代金文作"𥂕"，像一個小孩在器皿中之形，其中的小孩可不是在洗澡，而是被殺後成了別人的食物。這種解釋今天聽來非常可怕，簡直不可理解。可是根據文獻記載，遠古時期確實有過殺死並分吃第一個孩子的習俗，這樣做的原因是為了"宜弟"，也就是可以使弟弟得到保佑。古人為甚麼會這樣做呢？這是由當時的宗教觀念與祭祀習俗決定的。先民為了平安地保有、食用自己的收穫，並在第二年繼續得到新的收穫，要將第一批收穫獻給鬼神。獻出第一個孩子當然也是為了以後能得到更多的孩子，並使他們能夠平安地生長，也就是"宜弟"。同時，人們認為吃獻祭過的食物能夠得到賜福，所以祭祀後有"歸胙"、"歸福"之事，即把獻祭過的酒肉送給有關的人吃。所以，古人不僅要殺掉第一個孩子，而且還要分給眾人吃。"孟"字本義是"長也"，也就是"第一個孩子"的意思，先民造字時用被殺死並被分吃的孩子意象來表現這個意義，使這種習俗在古文字形體中留下痕跡。可見，遠古先民的第一個孩子往往也作祭祀用品。

彝

"彝"字甲骨文作""，像人的雙手被反綁在背後，而且捆綁手的地方有繩索縶住，人頸上沒有人頭，有些金文字形旁邊還有淋漓的數點，表示濺出的鮮血，下邊的雙手，表示進獻的意思。因此，"彝"字像雙手進獻被砍掉頭顱、反綁兩手的俘馘（guó）之形，它的本義就是屠殺俘虜作為犧牲而獻祭祖宗，即殺人祭祀。"彝"在卜辭中的意義主要是殺人祭祀。

烄

　　"烄"字甲骨文作"𤎸"，像以火焚人之形。殷商時期，有焚人求雨的習俗。《呂氏春秋·順民》："昔者湯克夏而正天下，天大旱，五年不收，湯乃以身禱於桑林……於是剪其髮，𢷼其手，以身為犧牲，用祈福於上帝。"意思是説，商湯戰勝夏桀奪取天下以後，趕上五年大旱，於是商湯到桑林中去祈禱……並準備以自身做祭祀的犧牲品，向上天祈禱求福。這種以人為犧牲的風俗，在春秋時代，似乎還未絕跡，如《左傳·僖公二十一年》"夏大旱，公欲焚巫尫"，便是焚人求雨的例子。"烄"在卜辭中的意義是一種祈雨之祭。

50

燓

　　"燓"字甲骨文作"𤉲"，像把人牲放到火上之形，取象於遠古天旱時焚人牲求雨的習俗。"燓"在卜辭中的用法就是一種求雨祭祀。

　　"㷸"、"烄"、"燓"的本義都是以人為犧牲的祭祀，卜辭中這些字的本義還在使用，説明以人為犧牲的祭祀方式當時還比較常見，這一點傳世文獻中也有記載。隨着人類文明的進步，以人為犧牲的祭祀方式大量減少，不再是常見的祭祀方式，因此，這些以人為犧牲的祭祀專用語詞的本義使用頻率越來越低。

祭祀方式

祀

　　"祀"字甲骨文作"ㄙ"，取象於代表祖先接受祭祀的小孩；西周金文作"ㄗ"，取象於主祭的大人，都表示祭祖之事。後來增加表義構件"示"，小篆字形作"祀"和"禩"。隸書以後，筆畫較少的"祀"字成為規範字形。從這些古字形可以看出，古人祭祀，不僅有主持祭祀的人，還要用一個小孩代表祖先神接受祭祀。這個代表祖先接受祭祀的人，被稱作"尸"，一般由死者的臣下或晚輩來充任。"尸"字西周金文作"ㄟ"或"ㄟ"，像下肢彎曲的人形，這大概是"尸"代替先祖接受祭祀時的姿勢。由於"尸"只是代表先祖接受祭祀，後來用"尸"比喻坐享俸祿，不幹實事。"尸位"的意思是空佔職位，不盡職守。如《尚書·五子之歌》："太康尸位，以逸豫滅厥德。"後來"尸位"與"素餐"連用，比喻空佔着職位而不做事，白吃飯。

祝

　　"祝"的甲骨文字形作""或"",像人跪禱之形,本義就是"祭祀時主管祭禮的人"。後來該字形與取象站立人形的"兄"字混同,為了區別,增加表義構件"示"。從這個字形可以看出,古代祭祀不僅要為鬼神提供各種祭品,祭祀者還要把自己祈求的內容告訴鬼神。

埋

　　"埋"字甲骨文作""或""或"",外邊的構件像挖地而成的坑穴,裏邊的構件依次像牛、羊、犬,坑穴內的小點表示水或土,整字表示把祭祀用的犧牲埋在坑穴之中,這是古代埋牲祭祀山川的方式,也是"埋"在卜辭中的主要用法。"埋"字後來引申為"掩埋",如"埋葬"、"埋藏"等。

沉

　　"沉"字甲骨文作""或"",像把牛或羊沉到水中,還

有的作""，像把牢（即經過精心飼養的犧牲）沉到水中，表示用牛羊等祭祀川澤，在卜辭中的意義主要是沉牛羊以祭，由此引申為"沉沒"的意思。

宜

"宜"的甲骨文字形作"𝌆"，像把肉陳列在俎上之形，表示用肉祭祀。《周禮·春官·宗伯》"宜於社，造於祖"中"宜"就是這種祭祀方式。由於祭祀鬼神的目的是為了祈求平安福佑，因此"宜"引申有"所安也"的意思。《詩經·桃夭》"之子于歸，宜其室家"中"宜"就是"安"的意思。

雩 禮

"雩"(yú)字甲骨文作"𠀟"，小篆作"雩"或"𦏻"，《説文解字》説解為："夏祭，樂於赤帝，以祈甘雨也。從雨于聲。𦏻，或從羽。雩，羽舞也。"意思是，雩是古代求雨祭祀，雩祭在夏季舉行，祭祀對象是赤帝，祭祀方式用舞蹈娛神。兩個小篆字形一個以"雨"為部首，表示求雨祭祀；一個以"羽"為部首，表示用羽舞使雨神精神愉悦，以達到求雨的目的。

古代祭祀禮儀中，不僅要為鬼神提供飲食，還要用音樂、歌舞等娛神，因此，祭祀時常常伴有音樂和歌舞。"禮"字甲骨文作"豐"，由"豐"和"𢆶"兩個構件組成，"豐"像鼓形，"𢆶"像兩串玉形。"玉"在古人心目中具有靈性，因此，常用作祭品；"豐"像鼓形，"禮"字形體中包含鼓形構件，說明古代祭祀過程中，常常用鐘鼓奏樂，以使鬼神精神愉悅。

對鬼和妖的態度

世界上並沒有鬼和妖，而都是人們想像出來的。但在先民心目中，鬼和妖是存在的，而且能夠給人們帶來福禍，因此他們對此十分敬畏，常常對它們進行祭祀。鬼和妖在人們心目中的形象和地位又是不同的，這可以從一些古文字形體中看出端倪。

鬼

"鬼"的甲骨文字形是"𦥑"，可以看出，古人心目中，鬼的形象是大頭人身形。《説文解字》把"鬼"説解為"人所歸為鬼"，意思是説，鬼是人死後離開形體而存在的精靈。鬼在古人心目中十分醜陋可怕，如"醜"字以"鬼"為部首。

"畏"的甲骨文字形作"𦥑"，右邊的大頭人身形，表示鬼；整字像鬼持杖形，表示可怕之義。可見，對於醜陋可憎的鬼，人們是十分懼怕的。因此，人們常常對鬼進行祭祀，主要是祈求野鬼不要帶來禍害，或者祈求祖先鬼魂帶來福佑。

妖

　　"妖"的小篆字形作"",以"示"為部首,《説文解字》説解為"地反物為妖",也就是説,"妖"指一切反常的東西或現象。而在一切反常的事物中,往往隱藏災禍和失敗。

　　一般説來,妖是由草木、動物等變成的精靈,主要由動植物修煉而成,具有人形或近似人形,有一定法力,白天夜間均可活動,通常會對人有一定危害性。需要特別指出的是,在傳説中,動植物們在修煉過程中如果一心向善悟道的話,是有可能修煉成仙的,如果修煉失敗或未遇名師指點或自行向惡的方向發展,才會成為妖。比如孫悟空,由於是猴子修道,在學會七十二變掌握一定的法力後,得不到天庭的承認,只好淪為妖。後來上天供職,太白金星在通報的時候仍然稱為"妖仙孫悟空覲見",仙是尊稱,妖才是他的性質,説明天庭一向是看不起這些妖的。

聖

　　"聖"的甲骨文字形作"𦔻"，像一個側面站立的人形，突出巨大的耳朵，旁邊有一個口，表示聽聞廣博，無所不通，無所不曉。

　　"聖"的這個意義在文獻中有很多用例。根據《國語·魯語》記載，吳國攻下越國會稽後，在會稽獲得了特別巨大的人骨。吳國的國君派使者向孔子諮詢這是怎麼回事。孔子告訴他，大禹治水時，曾召集各部落首領到會稽山議事，防風氏遲到，大禹下令殺死他，他的骨節特別長，相當於當時車廂的長度。使者又問孔子，防風氏是哪個部落的首領，孔子說，他是"汪芒氏之君也，守封、嵎之山者也，為漆姓。在虞、夏、商為汪芒氏，於周為長狄，今為大人"。使者又問：人的身高極限是多少？孔子回答說，最矮的是僬僥氏，身高只有三尺，最高的是他的十倍，也就是身高三十尺。使者不禁慨歎，孔子真是聖人啊！顯然，使者慨歡說孔子是聖人的原因，是孔子知識十分廣博，無所不通，無所不曉。因此，這裏"聖人"的意思就是與字形相切合的本義。同樣，《論語·子罕》："太宰問於子貢曰：'夫子聖者與？何其多能也？'"太宰判斷孔子為"聖者"的根據是孔子"多能"，也就是懂得多，會得多。在"執竿入城"這則笑話中，那位自作聰明的老人說"吾非聖人，但所見多耳"，也是把見多識廣與"聖人"相聯繫。這說明當時"聖"的主要內涵和判斷標準是"知識廣博，無所不通"。

在此基礎上，"聖"又引申有"精通一事，對某門學問、技藝有特高成就的人"的意義，如"畫聖"、"棋聖"、"詩聖"等。

隨着人們對孔子推崇程度的不斷提高，"聖人"的含義逐漸發生轉移。"聖人"由側重對人們知識能力方面的評價變為側重對人的道德方面的評價，而指知行完備、至善之人，也就是指"德才兼備"的人。

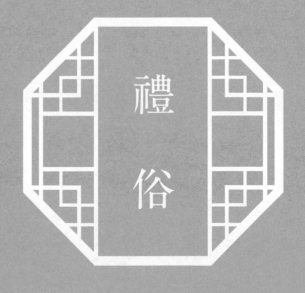

禮俗

古代婚俗
古代喪葬習俗
其他禮俗

　　漢字是據義構形的表意文字。這個特點不僅使造字時期的許多文化現象封存在字形之中，而且歷史文化的變遷也在漢字形體中留下種種蹤跡。因此說，漢字，尤其是古文字，就像一塊塊封存着豐富文化的化石，可以作為探討中國古代文化的重要線索。本章通過相關古文字形體的解析，對中國傳統的重要禮俗——婚嫁風俗和喪葬風俗的嬗變軌跡進行了勾勒，同時對於其他一些禮俗也進行了簡單介紹。

古代婚俗

姓

"姓"字甲骨文作"𡥀"，左邊的構件為"生"，右邊的構件為"女"；西周金文中，有的"姓"字作"𡥀"，像草木從土中生長出來，楷化寫作"生"，有的作"𡥀"，由"人"和"生"兩個構件組成，也有的由"女"和"生"兩個構件組成；小篆以後，"姓"字都由"女"和"生"兩個構件組成。《說文解字》把"姓"字說解為："人所生也。古之神聖母，感天而生子，故稱天子。從女，從生，生亦聲。《春秋傳》曰：'天子因生以賜姓。'"從這段話我們可以知道：古代的姓，並不像現在一樣，跟父親的相同；最初的姓來源於他們居住的村落，或者所屬的部族名稱。古代的神聖之人，傳說是他們的母親與上天發生感應而生下的，所以稱為天子。夏、商到西周，"姓"權逐漸歸天子所有。這一時期，只有有封地和官爵的貴族才配有姓權，而庶民則是有名無姓。因此，這一時期，"百姓"一詞主要是用來表示貴族或百官。

在母系社會中，羣婚制的特點是人們只知道自己的母親是誰，而不知道自己的父親是誰，因此出生之後只能隨母親的姓。"姓"字以"女"為部首，這是母系社會文化的遺存和表現，在母系社會中，人們以母為尊，最初表示姓的字大多以"女"為部首，如"姜"、"姬"、"姚"、"嬴"等。又如本書開頭所述，表示最高權力擁有者的"后"字，最初就是來源於婦女生小孩的意象。可見，女性的地位非常高。後來，"姓"成為辨別不同氏族血緣的依據，從而成為決定婚姻的一個重要依據：同姓的男女不可以通婚，主要是怕對生育後代不利。這說明我們華夏先民很早就發現近親通婚對後代不利。

姑　舅

原始羣居生活慢慢地形成了一個個族團，每個族團都有自己的首領及自己族內的生活方式和婚姻形式。在此背景之下，便產生了血族婚制。血族婚最初的形式為族內互婚，禁止與外族通婚，目的是保證血緣的純正，甚至產生了"兄妹婚"。《搜神記》云："（高辛氏）乃令少女從盤瓠……蓋經三年，產六男六女，盤瓠死後，自相配偶，因為婚姻。"直系通婚必會使後代的成活率不高，慢慢地人們意識到"男女同姓，其生不蕃"。於是漸漸地族與族之間通婚，有的兩個族之間還世代互婚，也就是俗稱的"交換婚"，也叫"族團互婚"。關於這一婚俗，我們可從"姑"、"舅"的原始稱謂上得到印證。

在現代人的觀念裏，“舅”是對母親的兄弟的稱謂，“姑”是對父親的姐妹的稱謂。但在古代，“舅”除了指母親的兄弟，也是兒媳婦對公公的稱呼（《爾雅·釋親》“婦稱夫之父曰舅”），還是女婿對岳父的稱呼；“姑”除了指父親的姐妹，也是兒媳婦對婆婆的稱呼（《爾雅·釋親》“婦稱夫之母曰姑”），還是女婿對岳母的稱呼。也就是說，“舅”、“姑”在古代是“一名三用”的。這說明，在古代中國，曾經有過這樣一種親屬關係：一個男人的岳父往往是自己的舅舅，或者岳母是自己的姑姑；而對於一個女人來說，公公就是自己的舅舅，或者婆婆是自己的姑姑。這種現象是遠古交換婚的結果，其關係可以用下圖表示：

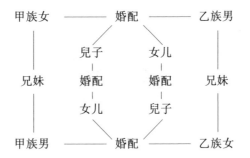

媵

“媵”婚制可以看作遠古伙婚制的演變，這種婚姻制度直至妻從夫居成為婚姻的穩固形式之後，仍在相當長的時期內存在。“媵”字以“女”為部首，《儀禮·士昏禮》把它解釋為“送也，謂女從者也”。漢代鄭玄說：“古者嫁女必姪娣從，謂之媵。姪，兄之子；娣，女弟也。”可見，媵的特點是，出嫁者的妹妹、姪女同時隨嫁到男方，實際就是姊妹或姑姪同時共嫁的性質。《史記·五帝本紀》記載堯"以二女妻舜以觀其內，使九男與處以觀其外"，其中"以二女妻舜"就是把他的兩個女兒都嫁給舜，這可以看作當時媵婚的習俗。到了西周時期，媵婚成了當時貴族階層普遍實施的一種婚姻形式。《春秋公羊傳·莊公十九年》："媵者何？諸侯娶一國，則二國往媵之，以姪娣從。"意思是說，諸侯娶一國之女為妻（即嫡妻），女方以"姪"或"娣"隨同出嫁，同時還有兩個和女方同姓侯國的女兒陪嫁，也各以姪或娣相從。可見，"媵"又不同於伙婚，它是一個男子與另一族羣的幾個女子的羣婚。

室家

在母系氏族向父系氏族過渡時期，出現了一種特殊的婚姻形式——對偶婚。在這種婚俗中，無論男女都不能在本氏族中找配偶，而必須到另一個氏族中去找，即實行族外婚，而且男子必須嫁到女方氏族去。這種婚姻形式在古文字、文獻和民俗中都有所反映。

"室"字由"宀"和"至"兩個構件組成。"至"的甲骨文字形作"🏹"，像箭射到地面之形，表示來到之義；"室"與"至"同源，表示夜晚要去的地方，即住處。夜訪婚俗中，婚齡男子在自己的氏族中，沒有專門的住處，晚上要住到女方處，也就是說，女人所在之地是男人夜晚的住處，於是"室"引申有"男子的配偶"義。同樣，"家"字甲骨文作"🐷"或"🐷"，第一個字形由表示房屋形的"宀"和取象公豬形的"豕"組成，"豕"後來作"豭"。"家"與"豭"同源，由於在遠古男子夜訪的對偶婚俗中，婚齡男子在自己的氏族中沒有專門的住處，晚上都要住到女方處，充當的就是類似"豭"的角色。因此，"家"在先秦文獻中常用來表示女子的配偶，即男子。如《左傳·桓公十八年》："女有家，男有室，無相瀆也，謂之有禮。"其中"家"和"室"分別指女子的配偶（即男子）和男子的配偶（即女子）。

納西族的走訪婚，就是這種夫從妻居的對偶婚。根據辛立《男女·夫妻·家國》一書記載："在納西族的整個住宅佈局中，後室是一座大房子，是合家族共同消費和舉行各種家族活動的地方。前宅是客房，兩側既有客室，也有用來儲存東西的廂房。客房是已婚婦女同自己的男阿柱（男朋友）偶居的地方。她們實行對偶婚制，成年男子白天在自己家族中勞動，同自己的家族一起生活，晚上到女阿柱家過夜，所生子女歸女。"陝西臨潼姜寨仰韶文化遺址中，發掘出完整的村落佈局、氏族公共墓地、窯場等文化遺存。其村落佈局與納西族的整個住宅佈局十分相似，這説明仰韶文化時期，實行的是與納西族走訪婚相似的夫從妻居的對偶婚。

娶妻婚

"娶妻"在先秦文獻中，有時也作"取妻"。"取"字小篆字形作"取"，《説文解字》説解為："捕取也。從又從耳。《周禮》：'獲者取左耳。'《司馬法》曰：'載獻聝。'聝者，耳也。"意思是説，

"取"的本義就是"捕取",字形由"又"（像手形）和"耳"兩個構件組成。根據文獻記載,古代戰爭中要把自己所殺或所俘敵人的左耳朵割下來,獻上去,作為戰士所立戰功的依據。"妻"字甲骨

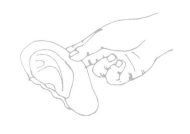

文作"",像以手擄掠長髮女子之形,這是父系社會初期,女子不情願嫁到男家時,男子擄掠婦女以為配偶之俗的反映。所以,"取妻"本來是擄掠婦女做配偶的意思。隨着父權制日益鞏固,婦從夫居成為公眾普遍接受的習俗,搶掠婚現象早已從人們的現實生活中消失。語詞"妻"與"擄掠女子"之間不再有聯繫,其基本意義變為男子的配偶。"取"的"捕取"義也不再適用於該詞,於是為意義改變後的"取"的書寫形式增加表義構件"女",重造"娶"字專門表達這個意義。

"婚"在先秦文獻中寫作"昏",《說文解字》把"婚"字解釋為:"婦家（嫁）也。《禮》:娶婦以昏時,婦人陰也,故曰婚。從女從昏,昏亦聲。"意思是說,古代迎親時間在晚上,因此"婚"字中的"昏"構件不僅有示音功能,還有表義功能。迎親時間為甚麼在晚上呢?梁啟超對《周易‧屯卦》中"匪寇,婚媾"的解釋給出了答案,他說:"夫寇與婚媾,截然二事也,何至相混?得無古代婚媾所取手段,與寇無大異也?"意思是說,搶劫與娶親是兩件截然不同的事,為甚麼會混淆呢?大概是因為當時娶親的手段與搶劫十分相似吧。可見,華夏初民確有過掠奪婚時代,掠奪婚後世就演變為許多民族婚禮中的假搶婚,如我國傣族、傈僳族等少數民族都有搶婚的習俗。哈尼族"鞭打迎親人"的風俗,則

可以看作反抗搶掠婚的遺風。

"棄"字甲骨文作"𢆉"，就像一幅棄子風俗圖，整個字形像雙手將簸箕中的小孩子丟棄之狀。據文獻記載，周始祖后稷、周幽王后褒姒、徐偃王、齊頃公無野、楚令尹子文、宋芮司徒女、烏孫王昆莫等都有出生後被遺棄的經歷。後世對后稷被棄的原因也多有探討，江藩認為"謂姜嫄無人道生子，恐人之議己，以為上帝所生，棄之以顯其神異，然後收養，以解眾惑"，意思是說，后稷的母親姜嫄恐怕別人議論她生孩子這件事，就說孩子是上帝所生，並且故意把孩子丟棄以顯示這孩子的神異，然後再收養，以便讓眾人不再懷疑這件事。

劉盼遂在《天問校箋》中指出，因為古代夫婦制度未定，"妻生首子時，則夫往往疑其挾他種而來，妒嫉實甚，故有殺首子之風"。意思是說，由於當時夫婦制度還沒有特別穩固，男子對於自己的第一個孩子的血統產生懷疑，恐怕孩子不是自己親生的，因此，形成把妻子所生第一個孩子殺掉的風俗。這種現象發生於"只知其母不知其父"的母系社會向父系社會過渡的大變革時代，也是婚姻制度由羣婚制向一夫一妻（或一夫多妻）制過渡的時代。

媳 婦 贅

父權時代的一夫多妻（妾）制，是由一個男子與若干女子結婚而建立的。這若干女子中往往只有一個稱為正妻，其餘則為副妻或妾。前文提到的“媵”婚制中的“姪娣”就屬於副妻或妾。妻的地位高於妾。《說文解字》把演變後的小篆“妻”字說解為“婦與夫齊者也”，正是相對媵妾而言。封建統治者為了維護其正統觀念，用法律的形式保護正妻的地位。《左傳·桓公十八年》：“並后（妾如后）、匹嫡（庶如嫡）、兩政、耦國，亂之本也。”《唐律·戶婚》：“諸有妻更娶者，徒一年，女家減一等，若欺妄而娶者，徒一年半，女家不坐，各離之。”宋《刑統》規定與唐相同，元、明、清也都有類似的規定。可見，儒家在強調男子主導地位和女子服從地位的同時，倡導“妻者齊也”、“與夫齊體”、“同尊卑”等夫妻平等、互敬互愛的觀念。

《說文解字》把“姻”字說解為：“婿家也。女之所因，故曰姻。從女從因，因亦聲。”《白虎通》：“婦人因夫而成，故曰因。”“因”字有憑藉、依靠的意思。顯然，不論是“女之所因”還是“婦人因夫而成”，都可說明在婚姻關係中女子對男子的依靠，女子已經喪失了獨立的社會地位，她們被看作傳宗接代的工具，只能在家裏料理家務。

宋代開始出現“息婦”一詞，“息”字由“自”、“心”兩個構件組成。“自”甲骨文字形作，像鼻子之形；“心”就是心臟；心臟與鼻子都是呼吸器官，因此《說文解字》把“息”說解為“喘也"，本義就是喘息、呼吸，引申有生長、繁殖、增長等意義。由"生長、繁殖"義引申為"子息，兒子"的意思，"賤息"的"息"就是兒子的意思。不難理解，"息婦"的字面意思就是兒媳婦。因此《辭源》把"息婦"解釋為"子婦"。在男人眼裏，無論媳婦還是兒媳婦，其傳宗接代的作用都是一樣的，所以，"息婦"由"兒媳婦"的意義引申指"自己的妻子"。這種演變，清楚地表明了女子在婚姻中的從屬地位。

後來，"息"的"子息"意義逐漸弱化，於是"息"字受到"婦"字的影響，也增加"女"作"媳"。如前所述，"婦"的甲骨文字形作"帚"，本來指能夠與鬼神溝通的神職人員，後來引申指已婚婦女，《說文解字》把小篆"婦"字解釋為"服也，從女持帚灑掃也"。可見，在儒家看來，婦女必須服從男子，主要職能是在家裏料理家務。宋代是特別強調封建倫理道德的時期，程朱理學強調男尊女卑，把對婦女的歧視也推向了高峰。

當妻從夫居成為婚姻的穩固形式之後，從妻而居的男子則受到嚴重歧視，他們被稱為贅婿。"贅"字《說文解字》釋為"以物質錢"，意思是用抵押品換錢，或者指抵押品。秦國在商鞅執政時，要求百姓"家富子壯則出分，家貧子壯則出贅"。意思是，家庭富裕的話，兒子大了就另立門戶，分家單過；家庭貧窮的話，兒子大了就要到女方家做上門女婿。也就是說，那些因家庭貧困而沒有能力交付聘禮的人，只能到女方家做上門女婿。因此，贅婿在古代十分受歧視。《史記·秦始皇本紀》："三十三年，發諸嘗逋亡人、贅婿、賈人略取陸梁地"，把贅婿與曾經逃亡之人並提，他們的地位可見一斑。漢代也是這樣，武帝發天下"七科謫"，出朔方。贅婿就是"七科謫"之一。贅婿在家庭中同樣受到歧視，據《説苑》記載，姜太公是"故老婦之出夫也"，意思是姜太公是被老婆逐出家門的贅婿。

帑　嫁

古代，"妻"又可以稱為"帑"。《左傳·文公六年》："賈季奔狄，宣子使臾駢送其帑。"其中"帑"就是妻子的意思。"帑"字以"巾"為部首，"巾"是一種織物，曾經充當過交換媒介，因此，有些以"巾"為部首的字與金錢有關。《説文解字》把"帑"説解為"金幣所藏也"，意思是藏金幣的地方。把"妻"稱作"帑"，這是從買賣婚姻盛行的社會背景下引申而來的。另外，在一些古代典籍中，"嫁"字有"賣"義。如《韓非子·六反》："天饑歲荒，嫁妻賣子者，必是家也。"這裏"嫁"就是"賣"的意思。"嫁"字有"賣"義，説明婚姻與買賣有關係。買賣婚，就是將女子視為財物，娶妻納妾，必須要經過金錢交易才能進行；如有不時之需，還可以將妻妾轉賣他人，以換取錢財。對於男子來説，女人不過是其傳宗接代的工具罷了，與其他財產並沒有多大差別；對於女方來説，她的存在很大程度上依賴着她所具有的物質價值，她只不過是一種可以在不同男人之間移換的私有財產而已。

媒 妁

在古代，男女的婚事，是不可以自己定奪的，一定要通過媒妁這一中介的交接，即所謂的“父母之命，媒妁之言”。“媒”字，《説文解字》説解為：“謀也，謀合二姓。”意思是説，媒也就是撮合兩個異姓的男女成為夫妻的人。“妁”字，《説文解字》説解為：“酌也，斟酌二姓也。”意思是，斟酌男女雙方各個方面的條件是否合適。媒妁在古代婚姻中是不可缺少的，《詩經》有這方面的描述。《豳風·伐柯》：“伐柯如何？匪斧不克。取妻如何？匪媒不得。”意思是説，要砍伐樹枝怎麽辦，沒有斧子是不行的。要娶媳婦怎麽辦？沒有媒人是不行的。《禮記·昏義》中記載了我國古代的娶親程式，即：納彩、問名、納吉、納徵、請期、親迎。其中“納彩”就與媒妁有關。男方看上了哪家的姑娘，先請媒人到女方家提親，得到女方的允諾後，就派使者前去送上禮物。女方如果收下禮物就表示同意議婚。可見，媒人在婚姻中的重要作用。

死

　　甲骨文的"死"字作"⯐"，像一個人在殘骨旁祭拜之形。顯然，殘骨代表死者。"葬"的甲骨文字形作"⯑"；左邊的構件是"歺"，即"牀"的古文字形，表示讀音；右邊的構件是殘骨，表示死者。這些字形都用殘骨表示死者，可以看作古代拋屍於野習俗的旁證。那時候的人在同伴死後，也像動物一樣將其遺體棄之路旁、溝壑，任其腐爛和被蟲獸咬噬，其結果就是"白骨露於野"，只剩下一塊塊殘骨。

　　據《中國民俗辭典》記載，蒙古族流行"荒葬"，即："以牛馬車載屍，疾馳荒野，不擇路，候屍顛撲至地，即為屍安身之所。三日後，視之，如為鳥獸攫食，即以為生前無罪惡。否則子孫有戚容，以為天不見納。"這種"荒葬"和西藏的"天葬"，都是古代先民棄屍習俗的遺跡。

　　隨着人類自我意識的發展，先民逐漸對同伴和親人的遺體被蟲獸咬嚙感到不忍，於是想辦法把屍體掩藏起來。由此產生了葬屍的萌芽。

葬 弔

漢中山靖王劉勝墓中發掘的金縷玉衣

"葬"在《三體石經》中的字形作"葬"，由三部分組成，一個是示音構件"爿"，一個是表義構件"艸"，另一個構件表示死屍。小篆字形作"葬"，《說文解字》說解為："藏也。從死在艸中，一其中，所以薦之。"意思是說，"葬"的小篆字形像把死屍藏在柴草之中，"葬"的本義就是掩藏屍體。"葬"字的形體說明，遠古時期，掩藏屍體的方法是用柴草將屍體包裹後，棄之原野。這在文獻中有大量證明。《禮記·檀弓上》："葬也者，藏也；藏也者，欲人之弗得見也。"《易·繫辭下》："古之葬者，厚衣之以薪，葬之中野，不封不樹，喪期無數。"說明華夏先民對於死者遺體的處理方式是，用柴草包裹屍體後，把它藏在原野，並不埋入地下。

"弔"的甲骨文字形作"弔"，像人身體上纏繞着用來弋射的矰（zēng）繳之形，表示人帶着弓箭。本義就是追悼死者。你可能感到奇怪，追悼死者與人帶弓箭有甚麼關係呢？這是因為，遠古時期，人死後並不埋入地下，而是用柴薪蓋着放在荒野裏。因為怕禽獸來咬嚙死者的遺體，於是親友帶着弓箭驅除禽獸，以保護屍體，以此來表示對死者的尊敬，也就是追悼死者。後來，"弔"字形體發生演變，小篆字形變作"𢎨"，甲骨文字形中的矰繳之形變得與"弓"形十分相似，於是《説文解字》把它説解為："問終也。古之葬者，厚衣之以薪。從人持弓，會驅禽。"即用"人持弓"的意象表示"弔"字的造字意圖 —— 驅趕禽獸，以避免親人的遺體被禽獸咬噬。從"葬"、"弔"兩個字的古文字形體可以看出，遠古時期，確有過用柴薪包裹屍體後，藏於原野的習俗。

墓 墳

在生產勞動過程中，先民們逐漸發現，藏屍於野不僅耗費人力物力，而且很難保證親人的遺體不被禽獸咬噬。隨着生產工具的不斷進步，先民們想出了一個更為穩妥的辦法 —— 埋屍地下的墓葬方式。

"墓"字出現得比較晚。甲骨文、金文中都沒發現"墓"字，《漢語大字典》所列最早形體是小篆。《説文解字》把"墓"字説解為："丘也。從土莫聲。"其實，"莫"不僅標示"墓"的讀音，也兼有表義功能。因為"莫"的字形構意是太陽落到草叢中看不見，而"墓"是屍體沒入土中看不見，"墓"、"莫"意義相通。顯然，墓葬的形式是將屍體埋於地下。

"墳"字出現也比較晚，它的本義是高大的土坡、土堤。如《詩經·周南·汝墳》"遵彼汝墳，伐其條枚"，屈原《九章·哀郢》"登大墳以遠望兮"，其中"墳"的意義都是高大的土坡、土堤。由於墓上的封堆土像土坡、土堤一樣高高隆起，因此也稱作"墳"，並成為"墳"的常用義。

根據文獻記載，"墓"不同於"墳"。《禮記‧檀弓》："古也墓而不墳。"鄭玄注："土之高者曰墳。"也就是說，墳是墓上的封堆土；《方言》："凡葬而無墳謂之墓"，也說明"墓"與"墳"最初是有嚴格區別的。根據文獻記載，遠古的墓是不築墳頭的，崔寔《政論》："文武之兆，與地平齊"，說明當時不僅一般民眾的墓沒有墳頭，連君王的墓也不起墳頭。河南安陽殷墟發掘的王室墓羣和陝西鳳翔雍城發掘的春秋時的墓葬羣，規模都非常宏大，卻都沒有築墳的跡象。

春秋末期，墳丘開始出現，但還未普及，當時把築墳頭看作不符合古禮的行為。傳說孔子考慮到自己是"東西南北之人也"，也就是經常周遊列國，為了能辨識母親墓穴的位置，孔子只好違背古禮與初願，給母親的墓地築了個墳頭，結果一夜被暴雨沖平。這說明，周禮提倡不築墳頭的墓葬方式。而周禮是因襲夏、商之禮的，由此可以推斷，夏、商、西周的墓上是不築墳的。

塚　陵

起墳頭最初是為了辨識墓穴的位置，方便祭祀，後來變成墓主人身份地位的象徵。死者的爵位等級越高，排場也越大。除了築墳之外，還要在旁邊種樹。於是墳的高低和所植樹木種類成為顯示尊卑等級的重要標誌，並列入禮法，成為國家制度。鄭玄說：“漢律曰：列侯墳高四丈，關內侯以下至庶人各有差。”漢時一丈合現在 2.31 米，四丈為 9.24 米，相當於現在三層樓那麼高，確實相當壯觀。以後各朝各代對不同品官和庶人的墓地墳高都有規定。至唐代以後，更為嚴格，違者要治以重罪。同時，由於儒家仁孝思想的影響，祖墳在人們心目中十分神聖莊嚴。人們把死後不能埋進祖墳看作是最嚴厲的懲罰，統治者也把它作為教化人心的一種手段。

由於墳墓大小成為死者地位的象徵，有權勢者為了炫耀自己的地位，墳越築越高，於是又產生了專門用來稱呼高大墳墓的“塚”字。“塚”是指墓上的土堆高得像小山似的墳墓。當然，地位最為尊貴的是皇帝，皇帝的墳墓無疑應是最高大的，因此，用本義為高大土山的“陵”字來專稱皇帝的墳墓。“陵”字以左“阝”為部首，本義就是山陵，即高大的土山，用來指稱帝王的墳墓，主要取其高大巍峨義。秦惠文王規定“民不得稱陵”，“陵”從此成為帝王墳墓的專用詞，也成為皇權至上的象徵。

其他禮俗

即 饗

東漢儒學講經圖，從中可見古人坐姿

"即"字甲骨文作"𝕴"，"饗"字甲骨文作"𝕴"，分別取象一個人和兩個人坐在食物前準備進食之形，這種坐姿是雙膝着地，將臀部靠在雙腳的後跟上，類似於我們從電視劇或電影中經常看到的日本人和韓國人的坐姿。知道了古人的坐姿，就不難理解《鴻門宴》中項羽看到突然闖進來的樊噲為甚麼"按劍而跽"："跽"是一種上身挺直的跪姿，與"坐"的區別是將上身挺直而臀部離開腳後跟。可見，項羽的"跽"是一種下意識的動作，並非因害怕而連忙下跪。

叟

　　“叟”字甲骨文作“🔥”，像在房子中手拿火把之形，表示留在室中看守火種之人。人類尚未學會人工取火時期，只能利用天火，因此氏族中要有人專門看守火種，不難理解，看守火種的人一定是經驗豐富的長者，因此，造字時用看守火種的意象表現義為“長者”的語詞“叟”。這就是老人又稱為“老叟”的原因。

奉　匜　沃　盥

　　“奉”字在《侯馬盟書》中寫作“🔥”，像雙手捧着東西之形，是“捧”字初文。“盥”字甲骨文作“🔥”，像伸手到盛水的器皿中洗澡之形，小篆字形將一隻手變為兩隻手，作“盥”，《說文解字》說解為“澡手也”，可見“盥”字本義就是洗手。《左傳》記載，晉公子重耳在逃亡過程中，經過秦國時，受到秦王的款待，秦王曾讓懷嬴伺候重耳，懷嬴為重耳“奉匜沃盥”，“沃”是“澆，灌溉”的意思，“匜”是古代一種器皿，帶有流，便於往外倒水。可見，重耳當時洗手，是由懷嬴手捧匜將水慢慢倒在重耳的手上，下有承盤接着流下的水，這就是當時貴族洗手的方法，與普通百姓不同。

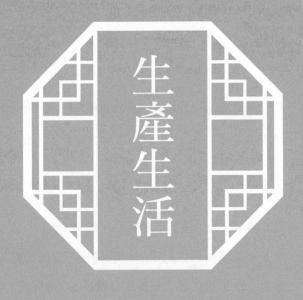

生產生活

古代狩獵
古代畜牧
遠古農業
漢字與醫療
玉石加工
天災人禍

◇　　◇　　◇　　◇

　　人類要生存，就要獲取食物。中國遠古先民，最初主要通過採摘植物的果實、葉子，通過捕魚和狩獵從大自然獲取食物。隨着生產生活經驗的積累，先民逐漸掌握了動植物的生長規律，開始對獵獲的動物進行畜養，對植物進行種植，於是產生了畜牧業和農業。中國先民在農業生產方面積累了豐富的經驗，鋤草、灌溉、施肥、滅蟲、收穫、加工、儲存等農業生產過程，都在古文字中有所反映。人類在獲取食物的同時，從未停止過對美的追求，而且要不斷跟各種自然災害作鬥爭。因此，與之有關的玉石加工和對災難的認識等內容也被列入本章。

古代狩獵

"漁"的甲骨文字形繁多。有的作""，像釣魚；有的作""，像雙手張網捕魚；有的作""或""，像把水淘乾後，很多魚露出來的樣子，即竭澤而漁。可見，古代捕魚方式有：用釣竿釣、用漁網捕，還有"竭澤而漁"等。在仰韶文化的考古發掘中，發現了石網墜、魚骨鈎、魚叉等，說明當時的捕魚方法還有用魚叉捕。"漁"的本義就是"捕魚"。現代語詞"漁船"、"漁民"中的"漁"字都是捕魚的意思。

狩

　　"狩"字甲骨文作"𤝗"。左邊的構件是有丫杈的木棒，為遠古先民狩獵作戰的武器；右邊的構件為犬，說明犬在當時已被馴化幫助狩獵。顯然，"狩"字甲骨文構意表現了遠古先民的一種狩獵方式，即用獵犬和木棒為狩獵工具。後來，隨着生產力的提高和人類技術的進步，狩獵工具也變得更加專業和先進，木棒不再是主要的狩獵工具。同時，取象於有丫杈的木棒之形的構件在字形演變過程中完全喪失了最初構意，因此，用音義合成的方法重新造"狩"字。

羅

　　"羅"字甲骨文作"𦋅"，像用網籠罩住鳥類而擒之，本義就是"張網捕鳥"；後來增加表義構件"糸"，作"羅"。從"羅"字的甲骨文字形看，古代捕鳥的一種重要方式是用網籠罩。魯迅在《故鄉》中描寫的捕鳥方法與"羅"字所表現的捕鳥方法十分相似："我們沙地上，下了雪，我掃出一塊空地來，用短棒支起一個大竹匾，撒下秕穀，看鳥雀來吃時，我遠遠地將縛在棒上的繩子只一拉，那鳥雀就罩在竹匾下了。甚麼都有：稻雞，角雞，鵓鴣，藍背……"此外，"禽"字甲骨文作

"＂"，像用來捕獲鳥獸的帶柄網子，本義就是"捕獲，捉拿"；"離"字甲骨文作"＂"，像小鳥從帶柄網中飛離之形，表示"離開"義。這些字形中都有用來捕獲鳥獸的帶柄網形構件，說明這種帶柄網子是古代比較常用的捕鳥工具。

焚

圍獵是一種最大規模的狩獵活動，需要動員很多人在一個較大規模範圍內，將所有野獸驅出巢穴，然後聚而擒之。由於這種狩獵活動與軍事行動極其相似，因此，統治者往往以此作為軍事訓練的一種手段。

圍獵常用的方式是焚燒山林以驅逐野獸。"焚"的甲骨文字形作"＂"，像兩手舉火焚林之形，本義是"用火燒山林"。這是古代的一種圍獵方式，焚燒山林的目的是驅逐野獸，把牠們趕到預設的網或陷阱之中，最後達到捕殺的目的。這種方式多於冬季舉行，也不能經常舉行，愈到後世，其限制愈嚴。這可能與保護森林及野生資源有關。

阱

"阱"字甲骨文作"＂"，像鹿掉入陷阱中之形，小篆字形作"＂"或"＂"，《說文解字》說解為"陷也"，段玉裁注"穿地取獸"。《康熙字典》在"弇"字下引《說文》作"陷也,所以取獸者。一曰穿地陷獸也"。"陷"字形體表現了古代用陷阱捕捉野獸的方法。

雉　豕　彈

　　射獵是古代一種重要的捕獵方式,這種方式所用之"弓",除弓箭外,還有彈弓,這些在字形上都有所反映。"豕"字甲骨文作"🐗",像一支箭穿透豬身之形,說明這種豬是射獵得到的,不同於畜養在圈欄中的豕,本義就是野豬;"雉"字甲骨文作"🐦"或"🐦",由取象箭的"矢"構件和取象鳥的"隹"構件組成,後一個字形的"矢"構件上還有纏繞的繩索,表示箭尾繫着繩索的射獵方式,即矰繳。顯然,"雉"的字形構意是"用箭射鳥",本義就是"鳥"或"野雞"。"彈"字甲骨文作"🏹",像彈丸在弓上之形,小篆字形作"彈"或"彈",後一個字形由"弓"、"丸"兩個構件組成,從"彈"的甲骨文和小篆字形看,彈丸是圓球形的。依據考古發掘,這種工具至少有兩類,一是陶彈,二是石彈。發射時,將彈丸裝在弓上,人站在遠處發射,擊中目標。

美　尾　羌

　　"美"的甲骨文字形作"🕺",下邊的構件是"大","大"像正

立的人形，其上則像頭戴獸角毛羽之類的裝飾物；"尾"的甲骨文字形作"🏃"，像一個人長了一條毛茸茸的大尾巴。古人造字，多"近取諸身，遠取諸物"，即取象於身邊所習見的事物。但人是不應該有獸角毛羽和長長尾巴的，也就是說，人頭上的獸角毛羽和臀後那毛茸茸的東西，不會是人體的一部分，而只是一種裝飾。不難推測，先民造"美"、"尾"之時，字形所表現的頭飾和尾飾定是當時人們所習見的服飾。

普列漢諾夫在《論藝術》中說："那些被原始民族用來作裝飾品的東西，最初被認為是有用的，或者是一種表明這些裝飾品的所有者擁有一些對部落有益的品質的標記，而只是後來才開始顯得美麗的。使用價值是先於審美價值的。"因此，頭飾和尾飾作為裝飾品，其使用價值也應該先於審美價值，也就是說，它們最初也應是實用的、功利的。

那麼，他們最初的使用價值是甚麼呢？原始社會早期，人們為了獵取野獸，往往披皮戴角，裝扮成野獸的樣子，以便接近野獸而射擊之。這就是遠古時期一種十分常用的狩獵方法——化裝誘捕狩獵。我國長白山地區曾經流行的"哨鹿"法，就是通過化裝誘捕狩獵。烏丙安《民俗學叢話》說："自古以來，'哨鹿'是獵鹿的妙法之一。發現鹿跡，獵人一邊舉起假鹿頭，一邊吹起牛角哨，學着呦呦鹿鳴，鹿羣便聚來，然後射取。"《水滸傳》第二十三回對這種化裝狩獵法也有描繪：武松打死老虎之後，"走不到半里多路，只見枯草中又鑽出兩條大蟲來……武松定睛看時，卻是兩個人，把虎皮縫作衣裳，僅僅緣在身上"。顯然，這種狩獵方法在作者施耐庵所生活的明末清初，在某些地區還被獵戶們普遍使用。

可見，頭飾和尾飾最先是狩獵者為靠近獵物所作的偽裝。原始巫術和舞蹈是對日常勞動生產活動的再現，巫師和舞者常常模仿獵者形象。人類學家曾研究過北美印第安人的原始野牛舞，舞者為了迫使他所要獵獲的野牛出現，"他們中的每個人頭上戴著從野牛頭上剝下來的帶角的牛皮或者畫成牛頭的面具……當第一個印第安人跳累了，他就把身子往前傾，做出要倒下去的樣子，以示他累了；這時候，另一個人就用弓向他射出一支鈍頭的箭，他便像野牛一樣倒下去了"。顯然，這種具有"交感巫術"作用的舞蹈，就是對狩獵生活的再現。我國獨龍族的"狩獵舞"和景頗族的"龍洞戈"也是對狩獵生活的再現。另外，這在原始岩畫和出土陶器中也有所反映，如在萊斯‧特洛亞‧費萊爾洞穴中，有一幅被稱為"鹿角巫師"的岩畫，其中"鹿角巫師"乃是人形獸裝，畫中巫師頭上有鹿角，臀後有一條尾巴。青海大通縣上孫家寨墓地出土了新石器時代的舞蹈紋陶盆，陶盆上舞蹈者服裝的顯著特點就是有頭飾和尾飾。這些表現遠古巫術和舞蹈的岩畫和出土文物，都是對化裝誘捕狩獵活動的再現。

戴頭飾的習俗在後世以不同的方式得以流傳和發展。首先是喜歡裝飾的女子對頭飾習俗的繼承和發展。第二是舞台藝術對頭飾的繼承和發展：原始舞蹈中，舞者頭戴獸角毛羽，不僅是對狩獵活動的再現，也是舞蹈者對自己勇敢善獵的炫耀。舞台藝術繼承了原始舞蹈用頭飾表現人物的方法，如京劇藝術中的翎子，象徵著"英武"，戴有此頭飾的大都是勇敢善戰的武生；《楊門女將》

中穆桂英戴翎子頭飾，也是為了突出其勇敢善戰的英雄形象。顯然，翎子是原始舞蹈中舞者所戴獸角毛羽的誇張和變形，其作用則由炫耀獵者的勇敢善獵演變為象徵英雄人物的勇敢善戰。第三是古代官服對頭飾的繼承和發展：漢代武官所戴的武弁大冠，以漆紗製作，上加鶡（hé）尾或貂尾為飾；清代皇帝對有特殊功勳者，賞以用孔雀毛做的花翎，戴在帽上垂向後方。

尾飾習俗，主要在邊遠少數民族地區得以流傳和發展。《説文解字》"尾"字下釋曰："古人或飾系尾，西南夷亦然。"可知尾飾確為一種遠古之飾，而"西南夷"在漢代尚存尾飾古風。據《後漢書・西南夷列傳》記載哀牢夷有"刻畫其身，象龍紋，衣皆着尾"的習俗。而最先進入農業社會的中原地區，尾飾逐漸在人們服飾中消失。華夏先民對邊遠地區少數民族十分鄙視，把其尾飾看作其愚昧落後不開化的標誌；另一方面，古代戰爭中，常把俘虜作奴隸使用，華夏先民俘獲的奴隸常常是穿有尾飾的異族人。因此，造字時用穿有尾飾的人形表示奴隸身份，如前文所分析的"僕"和"隸"的古文字形都是穿尾飾的形象。

同樣，"羌"的甲骨文字形作"⅄"，像頭戴羊角側面站立的人形，人的頭上戴羊角，最初目的也是為了靠近野獸，從而獵殺之。可見，"羌"的古文字形體現了他們以狩獵為主要生產方式的特點，後來，人們習慣上稱西北地區以狩獵和畜牧為主的少數民族為羌族。

囮

　　“囮”（é）的小篆字形作“”，《說文解字》解釋為“率鳥者繫生鳥以來之，名曰囮。，囮或從繇”，可見，“囮”的本義就是“捕鳥時用來引誘同類的鳥”。清人顧景星《蔡邕論》中說：“今夫捕鳥者，擇其黠者以為囮，毇米以飼，濾流而飲，凡可以慰囮，靡弗至也。”意思是說，現在的捕鳥人，選擇那些聰明的鳥作為囮（也就是用來引誘同類的鳥），對於這些用作“囮”的鳥，平時要用舂細的穀米餵養，給牠喝濾過的泉水，總之，要竭盡所能來照顧好這些被用作“囮”的鳥。

生產生活

古代畜牧

畜

“畜”的甲骨文作“ ”，從“ ”從“ ”，“ ”像束絲形，表示繩索，“ ”像某個範圍中有草木之形，表示養牲畜的地方。《淮南子》中有一句話，叫“拘獸以為畜”，意思是說，把狩獵所得的野獸，進行拘養，這就是畜。後來，“ ”變為形近的“玄”，“ ”簡化變異為“田”，“畜”字變為由“玄”、“田”組成的合體字。由狩獵到拘養，這是先民生產生活中不斷積累經驗的結果。獵人長期狩獵，熟知各種獸類的脾性，逐漸認識到馴養某些性情溫和的草食類動物是可能的。同時，打到的活的動物，在暫時不食用的情況下，往往豢養起來；尤其是獲得幼獸後，不是立即吃掉，而是飼養起來。隨着動物越養越大，先民逐漸意識到，飼養動物比狩獵獲利更大，同時隨吃隨殺，沒有捱餓的風險，於是由自發到自覺地養起動物來。

養 牢 圂 芻

　　“養”的小篆字形作“養”，《説文解字》説解為：“供養也。從食羊聲，𢼠，古文養。”“養”的古文字形提供了豐富的文化信息。首先，古文字形“𢼠”，與甲骨文字形“𦏧”或“𦏧”一脈相承，像手拿棍棒或鞭子驅趕牛羊之形，表現的是“放牧”的畜養方式；小篆字形“養”，從食羊聲，本義是“供養”，表現的是“圈欄”的畜養方式。能夠表現“圈欄”畜養方式的字還有“牢”、“圂”、“養”、“芻”等。

　　“牢”在殷商時期的字形異體繁多，有的從牛作“牢”，有的從羊作“牢”，有的從馬作“牢”，另一構件像平地上圍成的圈欄，整字表示用圈欄畜養牲畜。該字在甲骨卜辭中的意義主要是指用來祭祀的牲畜，也就是犧牲。古代用於祭祀的犧牲，往往經過特殊的飼養，所謂“衣以文繡，食以芻菽”，然後可稱為“牢”，如“太牢”、“少牢”。後來畜養動物的地方也稱“牢”。“牢”字的形體説明把動物關到圈欄內是畜養動物的重要方法。

　　“圂”，甲骨文作“圂”，像把豕（豬）關在圈中之形，表示“豬圈”，“圂”在古代文獻中除了有“豬圈”義，還有“廁所”義。這是因為，我國北方一些地區，廁所往往與豬圈相連相通，從而讓豬可以直接吃掉人拉出來的糞便。使用糞便豢養產肉動物在我國有悠久歷史，可追溯至春秋時代，最早的記載見於《國語·晉語》：“臣聞昔者大任娠文王不變，少溲於豕牢而得文王，不加病焉。”意思是：文王的母親大任在懷孕時，身體沒有任何變化，在廁所小便時，生下了文王，沒有感到任何痛苦。其中"豕牢"就是養豬的廁所。自西漢到西晉，古墓中出土的陶製明器，常見有豬圈模型，河北、河南等地出土的陶製"帶廁豬圈"明器顯示，豬圈位於廁所旁邊，是整個宅院的一部分，而且不論是富貴人家還是普通農民都把廁所和豬圈相連建造。

圈養動物就要為動物提供食物。小篆"養"字以"食"為部首，這說明，為動物提供食物是畜養動物最重要的特徵。因此，割草或採集野菜成為日常重要的勞動。"芻"字甲骨文作"𡴋"，像用手斷草之形，就是常說的打豬草。由打豬草引申指牲畜吃的草，如上文提到的"衣以文繡，食以芻菽"中"芻"就是指牲畜吃的草。

牡　牝

長期豢養動物，使人們逐漸熟悉了動物的習性，掌握了動物的生長生殖規律，並馴服某些動物為人類服務。如"牡"的甲骨文字形異體繁多，有的作"牡"（從牛），有的作"牡"（從豕，即豬），有的作"牡"（從羊），有的作"牡"（從鹿），另一構件像雄性生殖器之形，分別表示"公牛"、"公豬"、"公羊"、"公鹿"；"牝"（pìn）的甲骨文字形異體繁多，有的作"牝"（從牛），有的作"牝"（從豕，即豬），有的作"牝"（從羊），有的作"牝"（從虎），另一構件表示雌性，分別表示"母牛"、"母豬"、"母羊"、"母虎"。"牡"、"牝"甲骨文字形異體繁多，說明當時辨別動物的雌雄非常重要，這也說明畜牧業在當時社會中佔有重要地位。

狩　犁　為

　　“狩”字甲骨文作“🐕”，左邊的構件是有丫杈的木棒，為遠古先民狩獵作戰的武器；右邊的構件為犬，説明犬在當時已被馴化幫助狩獵。

　　“犁”的小篆字形作“犂”，《説文解字》説解為“耕也，從牛黎聲”，“犁”字以“牛”為部首，説明牛與農耕關係非常密切，確切地説，是牛被馴服拉犁耕地。用牛幫助農耕開始於甚麼時期，有不同説法，比較通行的説法是開始於春秋時期。當時人們經常把祭祀用牛與耕牛進行比較，如《論語》：“犁牛之子騂且角，雖欲勿用，山川其捨諸？”意思是，耕牛所產之子如果夠得上作犧牲的條件，山川之神一定會接受這種祭享。那麼，仲弓這樣的人才，為甚麼因為他父親“下賤”而捨棄不用呢？孔子這句話用“騂且角”的“犁牛之子”作喻體，這説明春秋時期，牛耕已相當普遍。另外，古人的名與字往往是相關聯的。春秋時期，孔子的弟子司馬耕，字子牛；冉耕，字伯牛。説明當時“牛”與“耕”是有密切聯繫的。

　　“為”的甲骨文字形作“🐘”，像手牽象之形，是遠古時期人類役使大象幫助勞動的反映，本義就是“做，為”。“為”的甲骨文字形説明殷商時期先民已經能夠馴服大象。古代傳説有“象耕鳥耘”的説法，意思是大象幫助耕地，羣鳥幫助除草和鬆土。殷商時期黃河流域是溫潤的亞熱帶氣候，適合大象的生存。考古發掘中，黃河流域有很多大象的骨骼出土，充分證實了這一點。根據"為"的古字形和文獻材料，我們推測"用象耕種"很可能是當時的一種生產方式。

遠古農業

● 農具

焚

　　初民社會，人類以採集和漁獵為主要生產方式，野果和魚蚌禽獸是人類食物的主要來源。隨着人口的增多和人類智慧的提高，先民開始尋求新的謀生之路，這便是從事農業生產。農業生產，首先要有可供耕種的土地。可是，上古時期，大量土地尚未開墾，到處是森林草莽，因此，"焚林而獵"是原始農業的前提，"火"是先民墾荒的重要工具。

　　"焚"字甲骨文字形有"𤏍"形，像兩手舉火焚林之形，本義是"用火燒山林"。這是古代的一種圍獵方式，把大片土地燒成空地。這種空地，在適當條件下就會被人們利用，開墾為農田。《說文解字》把小篆"焚"字解釋為"燒田也"，非常精練地概括出遠古農業是從"焚林而獵"開始的，其主要工具就是火。此外，古史傳說中神農氏即"炎帝"，也稱"烈山氏"，"炎"、"烈"的意義都與火有關。這也說明原始農業與火關係密切。

農

　　“農”字金文作“藝”或“藝”，前一個字形由“辰”、“林”兩個構件組成，後一個字形由“辰”、“艸”、“又”、“田”四個構件組成。“辰”表示蜃殼，是古代除草農具，“又”像右手之形，“艸”像眾草之形，因此，“農”的金文字形像手拿蜃殼（古代除草工具）鏟除田間叢生的野草。考古挖掘中，有大量用天然貝殼製成的鋤草工具出土，《淮南子・氾論訓》“古者剡耜而耕，摩蜃而耨”，以及“農”的甲骨文字形特點，說明先民確曾使用蚌殼作為墾荒工具。此外，出土的石器和《本草綱目》中“南方藤州墾田，以石為刀”的文獻記載，說明先民也曾使用石器作為墾荒工具。

力

　　“力”的甲骨文字形為“Ｊ”，取象於古代單齒耒。原始掘土工具最初是尖頭木棒，在生產實踐中，人們逐漸對尖木棒加以改造——木棒下部稍稍傾斜，使之更利於掘土，並在木棒下部捆綁腳踏橫木，加強掘土力量，就成了單齒耒。西藏地區門巴族使用的青岡杈，是用一根長約 170 厘米的青岡木棒和一根長約 15 厘米的橫木製成，其形制與“力”的甲骨文字形非常相近。

　　在含有構件“力”的甲骨文字形中，“力”都表示農耕用具，即單齒耒，如前文所析的"男"字，像用"力"這種農具耕田，由於古代農耕主要由男子承擔，後這個字才專用作男子義。此外，"協"的甲骨文字形作""或""，用眾多農具在一起，表示協同合作之義。

耒

"耤"（jí）的甲骨文字形作""，像一人雙手持耒（雙齒耒），一足立地面，一足踏耒端之小木板，正是用耒翻地的真實寫照。因為耒是遠古耕種很重要的農具，也常作各種農具的泛稱。因此，人們在為其他農具，特別是木製或裝有木把的農具造字時，都以耒為構字部件。如"耔"、"耕"、"耘"、"耙"、"耠"、"耝"、"耡"、"耤"、"耦"、"耬"、"耨"、"耪"、"耖"、"耥"等。

以

"以"字甲骨文作""，金文作""，像耜（sì）之形。由於耜是一種常用農具，因此，引申有"用"義。從字形可以看出，"耜"與"耒"不同，耒下歧頭，耜下一刃。後來，"耒"、"耜"合成為一種工具——"犁"。"犁"的下部用以翻土的部分為"耜"，上部用以把握的曲木為"耒"。

良渚文化遺址出土的新石器時代晚期石犁

燒　雩

遠古時期，農業灌溉主要依靠雨水，雨水是農業的命脈。從甲骨卜辭的記錄種類看，除了王的遊畋（tián）和占卜戰爭的吉凶外，大概以"卜雨"、"卜年"、"卜禾"等為最多。對於靠天吃飯的先民來說，向上天求雨是應對乾旱的主要辦法，因此他們千方百計祈神求雨。

"燒"（hàn）字甲骨文作"𤐫"，像把人牲放到火上之形，取象於遠古天旱時焚人牲求雨的習俗。"燒"在卜辭中的用法就是一種求雨祭祀。據史料記載，夏啟時期黃河下游遭遇了一場苦旱，最後，夏啟用殺掉自己的母親並且將其屍體砍碎深埋各地的手段來抑旱求雨；商湯為了解除旱災，曾經準備以自己做人牲求雨，結果剛剛點着火，突然天降大雨。這種殺人或焚人求雨的方法是古代所常用的。古代墨西哥，近代孟加拉、越南、菲律賓等地也使用過這種方法。

"雩"（yú）字甲骨文作"𩁹"，小篆作"雩"或"翌"。《說文解字》說解為："夏祭，樂於赤帝，以祈甘雨也。從雨於聲。翌或從羽。雩，羽舞也。"意思是，雩是古代的求雨祭祀，雩祭在夏季舉行，祭祀對象是赤帝，祭祀方式是用舞蹈娛神。兩個小篆字形一個以"雨"為部首，表示求雨祭祀；一個以"羽"為部首，表示用羽舞使雨神精神愉悅，以達到求雨的目的。為甚麼用羽毛做求雨祭祀舞蹈的道具呢？根據《釋名》："雨，羽也。如鳥羽動則散也”，因為鳥羽紛飛可以和雨絲四降發生類似聯想，因此，產生了以羽致雨的模擬巫術。

儘管先民們採用了各種各樣的求雨方法，但有時老天爺就是“不買賬”，於是，先民在“求天”的同時也“求己”。

井　陂　堰

傳説伯益發明了井。最初的井是挖掘隧道達到地下泉水，取水者抱着水罐由台階進入隧道，汲滿水後又由隧道抱着水罐出來。《莊子·天地》“鑿隧而入井，抱甕而出灌”就是對古代先民利用水井進行灌溉的描述。“抱甕”入井取水灌溉，這種方法功效很低，於是逐漸出現了提水機械——“橋”（又稱桔槔）。《説苑·反質》：“衛有五丈夫，俱負缶而入井，灌韭，終日一區。鄧析過，下車為教之曰：‘為機，重其後，輕其前，命曰橋。終日灌韭百區，不倦。’”意思是，衛國有五個男子都背着瓦罐從井裏汲水澆灌韭菜園，一整天只能澆灌一畦。一天，一位名叫鄧析的鄭國大夫路過這裏，下車教他們説：你們可以做一種叫作“橋”的機械，後端重，前端輕，用它來澆地，一天可以澆一百畦地而不覺得累。這裏的“橋”是一種利用槓桿來提水的工具。漢代以後，較深的井開始廣泛使用轆轤。

為了“灌溉農田”和“排水防澇”，人們常在田中挖一些長短寬窄不一的水溝。《説文解字》中有“く”、“巜”、“川”三字，許慎分別將它們釋為：“く，水小流也。周禮匠人為溝洫，耜廣五寸，二耜為耦，一耦之伐，廣尺深尺謂之〈，倍〈謂之遂，倍遂曰溝，倍溝曰洫，倍洫曰《。”“川，貫穿通流水也。”可見，“〈”、“遂”、“溝”、“洫”、“《”是田間溝洫系統中大小不同的水溝。最後，由“《”通向大河，即“川”，再由川通向大海。《史記・夏本紀》：“(禹) 決九川致四海，浚畎 (〈) 澮 (《) 致之川。”《論語・泰伯》：“(禹) 卑宮室而盡力於溝洫。”邢昺《孝經正義》：“溝洫，田間通水之道也，言禹卑下所居之宮室，而盡力以治田間之溝洫也。”這說明夏部族已在農田中開溝挖渠，用來排水灌溉，減少旱澇災害。

　　只有田間的溝洫是遠遠不夠的。要保障農業的豐收，必須興建大型水利工程。“陂”、“堰”都是春秋以後興起的蓄水灌溉工程。“陂”字以“阝”為部首，“阝”是“山阜”的“阜”的簡化。“陂”本指山坡，後來，專指水旁的山坡。人們在考慮蓄水問題時，首先選擇了丘陵環抱呈盆狀的自然環境。這樣對外圍山坡只要稍做加工，便可以形成人工池塘。於是也將這種池塘稱為“陂”。“陂”在開始時僅用於阻隔洪水，保護良田，後漸漸變為蓄水灌溉工程。《淮南子・説林訓》記載：“十頃之陂，可以灌四十頃。”“堰”以“土”為部首，本義是人工壘土堆起的堤壩。堰常建在河道內的淺灘上，起防洪、蓄水、控制灌溉的作用。我國古代有名的水利工程都江堰是比較完善的排灌設施。

・ 施肥

　　為了促使禾苗茁壯成長，先民早已開始用糞肥田。《禮記・

月令》"可以糞田疇"，《淮南子·本經訓》"糞田而種穀"，《荀子·富國》"多糞肥田，是農夫眾庶之事也"，都記敍了先民以糞肥田的事。甲骨文中有"🐾"字，像人大便之形，為"屎"之初文，在卜辭中用作動詞，與"糞"的用法相似，屎田就是在田地裏施糞肥。如《甲骨文精粹釋譯》拓片 184 云："庚辰卜，貞翌癸未，屎西單田，受有年。"大意是，在庚辰日占卜，問由庚辰起到第四天的癸未日，在西郊平野的田地裏施用糞肥，將來能否得到豐收？"屎有足。二月。"大意是，在二月間，施用糞肥要充足。可見，殷商時期，先民們已經懂得了用糞使耕田肥沃的方法。《齊民要術》引漢氾勝之《氾勝之書·區田法》："伊尹作為區田，教民糞種，負水澆稼，區田以糞氣為美，非必須良田也。"這些文獻記載也説明了殷商先民已經知道用糞肥田的方法。

甲骨文"圂"字作"🐷"，像把豕（豬）關在圈中之形，表示"豬圈"。《説文解字》把"圂"説解為："廁也，從口，象豕在口中也。"《國語·晉語》"少溲於豕牢"韋昭注："豕牢，廁也。"可見，上古社會，是以養豕的牢為廁，一直到漢魏還是如此。近年來，地下漢魏墓葬所發現陶廁豬圈等明器，也是很好的證明。即如今天廣大農村，也往往是廁所連着豬圈，仍舊沿襲古代的遺俗。這種廁所豬圈，便是儲藏糞便的地方。西漢史游編撰《急就篇》"屏廁清溷糞土壤"，意思就是圂廁糞便，可以用來肥沃土壤。

蝗蟲是莊稼的害蟲，先民對蟲災早有記載。《春秋・桓公五年》"秋，螽"，"螽"的小篆字形作"螽"或"螽"，本義就是蝗蟲。對蝗災的危害，殷人極為重視，不僅經常向神靈告祭，求神降佑，消除災害；而且採取了積極的滅蝗措施。"秋"字甲骨文有"秋"或"秋"等字形，像火燒蝗蟲之形。蝗蟲為羣居害蟲，在其未長翅時，先民將其圍趕到低下之處，以火燒之，這就是所謂"焚蝗保收"。《禮記・王制》"昆蟲未蟄，不以火田"則説明火田的最佳季節是昆蟲蟄伏的時候，乘其無法逃離，可將其一網打盡。《論衡・順鼓》："蝗蟲時至，或飛或集。所集之地，穀草枯索。吏卒部民，塹道作坎，榜驅內於塹坎，杷蝗積聚以千斛數。"比較詳細地描述了蝗蟲的生態習性和危害情況，以及所採取的掘溝捕蝗辦法。《漢書・平帝紀》記公元二年大旱"遣使者捕蝗，民捕蝗詣吏，以石斗受錢"，記載了發動羣眾懸賞捕蝗的最早事例。

● 穀物收穫

"利"的甲骨文字形作"利"，像以刀割禾並有皮屑四濺之狀。現代考古已經發現了許多新石器時代的石刀、蚌刀，其中一些經專家考證為當時的收割工具。

銍

甲骨文中有"𦮺"字，左邊的構件表示收穫的對象"禾"，右邊的構件表示類似鐮刀的收割工具。現代考古發掘中，商代中期以後的石鐮、蚌鐮很多，這些鐮主要有兩類：一為可以安裝木柄的長柄鐮，其作用是割除穀物禾稈；另一類是長方形和半月形的有孔石刀和蚌刀，其作用是收取穀物的禾穗，使用時用繩索過孔把石刀綁在手指上，以免掐穗時石刀脫落，這種石刀也就是後來的"銍"(zhì)，《説文解字》："銍，獲禾短鐮也。""銍"作為一種掐禾穗的短鐮，較為輕便，因此，帝王在做象徵性收割時就使用銍。《漢書·王莽傳》："予之西巡，必躬載銍，每縣則獲，以勸西成。"

穗

"穗"在春秋時期寫作"𥝩"，像手採禾穗之形，甲骨卜辭中還有一個"𥝩"，也像手摘禾穗之形，這些字形以及考古發現的大量無穗頭的稻、麥秸稈，説明古代收割時一般是先收割穗頭，然後再處理秸稈。

　　米飯很香，但禾穗變成米吃到嘴裏還需要經過一系列的加工程序。

枷

　　甲骨卜辭中有"🐀"字，像一手持麥，一手持杖打麥之形，表示獲麥後攴擊麥穗使脱粒。這種木棒逐漸演化為穀物脱粒專用的連枷。《釋名》曰："枷，加也，加杖於柄頭，以撾穗而出其穀也。"

舂

　　"舂"（chōng）的甲骨文字形作"🌾"，西周金文作"🌾"，像一人兩手捧杵搗粟之形。殷墟五號墓發現了研磨朱砂用的杵臼，據此可推測，殷人應該已經使用杵臼加工穀物。"秦"的甲骨文字形"🌾"，則像兩手捧杵搗禾之形。通過舂，去掉穀粒堅硬的外殼。

康

　　"康"字甲骨文作"🌾"，像篩米去糠之器：中間部分為箱，箱底有像篩子一樣的密孔，上邊的部分是頸和口，下邊有兩條繩；去殼之米，從上面的口倒入箱中，左右二人拽繩子，搖動器械，糠從中漏下；下邊的數點兒像正在掉落的糠屑。

去掉皮殼的禾粒可以繼續加工成麵粉，其工具主要是碾和磨，碾和磨都以"石"為部首，説明它們都是石製的。筆者家鄉河北農村七十年代還有碾和磨遺存，碾的形制是：下面是一巨大的石製圓盤，即碾盤，上面用一個巨大的石製圓柱體在碾盤上滾動碾軋，從而將碾盤上的糧食碾壓成粉末；磨則由上下兩片磨盤組成，下片磨盤固定，上片磨盤反覆旋轉研磨，將兩片磨盤之間的糧食磨成粉末。

• 穀物儲存

糧食生產具有季節性，要保障糧食可供長期食用，必須對糧食進行儲存。先民們可謂是"儲糧有方"。

"嗇"字甲骨文作""，下邊的構件像足基很高的廩屋，上邊的構件像禾，整字像廩屋之上有禾。顯然，“嗇”的甲骨文字形反映了未脫粒的禾穗在高處臨時儲存的情形，目的是防止禾穗在脫粒前因雨水浸泡而發霉變質。直至今天，在廣大農村，農民還經常把沒有脫粒的玉米棒和高粱穗等在屋頂上晾曬。

廩

“廩”的甲骨文字形作“”，像露天的穀堆之形。它的特點是，做一圓形的低土台，上堆麥稈麥殼，頂上作一亭蓋形，塗以泥土，謂之“花籃子”。顯然，這已經不是短期儲存。

倉

“倉”字甲骨文作“”，像有門有窗的糧倉之形，更加結實耐用；“廩”字後來增加了“广”構件，說明“廩”也變為一種房屋式建築。陝西西安半坡遺址出土了窖藏和罐藏的粟子，粟即沒有脫粒的小米；山東膠州市三里河遺址大汶口文化層，發現一個原始居民儲藏糧食的倉庫，其中有粟一立方米之多，這說明先民早就懂得了儲存糧食的方法。至今農民對稻米、高粱、穀子等仍然是帶殼儲存。

漢字與醫療

• 醫巫同源

遠古時，科學技術很不發達，許多自然現象無法解釋，於是先民認為是鬼神在暗中操縱一切：得到神的庇佑，可以消除災禍，解除病痛，否則將受到懲罰。擺脱苦厄災禍與疾病痛苦，必須求助於鬼神，而人與鬼神的交通媒介是巫。所以，先民要解除病痛，必須依靠巫，從這個角度説，巫就是醫。

醫　毉

"醫"的繁體字形有兩種，即"醫"和"毉"。"毉"從"巫"，説明醫巫關係十分密切。《山海經·大荒西經》寫道："大荒之中……有靈山，巫咸、巫即、巫盼、巫彭、巫姑、巫真、巫禮、巫抵、巫謝、巫羅十巫，從此升降，百藥爰在。"羣巫在靈山升降，採集那裏的藥草。羣巫採集的不是普通的藥草，而是所謂的不死之藥；其中的巫咸據説就"實以鴻術為帝堯醫"。《山海經•海內西經》記載："開明東有巫彭、巫抵、巫陽、巫履、巫凡、巫相，夾窫窳之屍，皆操不死之藥以距之。"羣巫手操不死之藥，為的是救活已經死去的窫窳（yà yǔ）。顯然，巫的職責是救死扶傷，與醫生的職責相同；也可以説，最初的醫生由巫來擔任。

"巫醫"的神職身份，注定其治病方法必然要利用巫術。《韓詩外傳》卷十："上古醫曰茅父，茅父之為醫也，以莞為蓆，以芻為狗，北面而祝之，發十言耳。"意思是上古名叫茅父的巫醫，以蒲草為蓆，以草編為狗，模仿巫術，並且向北方不斷發出祝禱之語。顯然，作為巫醫的茅父主要是利用巫術治病。實踐中，巫醫在治病時更多使用的是巫術和醫術相結合的方法。《廣博物志》卷二十二引《物源》："神農始究息脈，辨藥性，製針灸，作巫方。"搭脈、辨藥、針灸，都是神農配合巫術創造出來的醫療方法。傳説神農時白族的巫師們還探求了以野獸來治病的方法。《説郛》卷三十一《芸商私志》："神農時白尼進獸藥，人有疾病則拊其獸授之語，語如白尼所傳，不知何語。語已，獸輒如野外衡一草歸，搗汁服之即癒。"意思是巫師對獸使用巫術，使獸獲知病的感應力，從野外銜回藥草，人們搗爛服之即癒。當然，這只不過是巫術之幻想，但從中可以看出上古醫術和巫術是緊緊結合在一起的。

醫巫同源，成了後來醫仙同流的濫觴，秦漢時期盛行的神仙方術也往往採用醫術巫術相結合的方法。眾所周知，將醫生從業雅稱為"懸壺"典故中的費長房，稱醫界為"杏林"典故中的董奉，其妙手回春的醫術都來自神秘力量的佑助。民間傳説雖然不可盡信，卻反映了中國古代醫學始終貫穿着醫巫同源的傳統。

藥 罌

"醫"的小篆字形作"醫"，楷定為"醫"，從殹從酉。"殹"表示疾病，"酉"取象酒罌之形，表示酒可以用來治病。整字表示"治病工也"，即醫生。酒可以通血脈，養脾氣，厚腸胃，潤皮膚，去寒氣，適量飲酒是一種良好的祛濕散風、活血化淤的手段。因此，酒被視為百藥之長，"醫"字從酉正突出了酒在醫療上的特殊功效。馬王堆出土的西漢帛書記載有五十二個醫方，其中三十三個與酒有關。秦漢時大醫學家秦越人、淳于意、張仲景等都有用酒治病的醫案。後來，人們逐漸認識到酒可以消毒防腐，在針灸或外傷時可以用來作局部處理。

"藥"的小篆字形作"藥"，楷定為"藥"，《說文解字》說解為"治病艸"，說明植物是最重要的中藥來源。傳說神農是慈愛的天神，他牛頭、人身，力大無窮，常常幫助窮苦人家耕種，像牛一樣，辛辛苦苦為人類服務。人類跟神農學會了種地，有了足夠的糧食，從此不愁捱餓一事。可是，不少人吃飽飯之後，常常會生病。有的人患了病，很長時間也不好，直到死亡為止。這類事情被神農知道之後，他感到很焦急，他不相信巫醫問卜，但也沒有治療疾病的辦法。於是，他便與不少人商討，怎樣才能把疾病治好，使他們擺脫疾病的困擾。他想了很多辦法，如火烤、水澆、日曬、冷凍等等，雖然能使某些疾患的症狀有所緩解，但效果卻不理想。有一天，神農來到山西太原金岡一帶，品嚐草木，發現草木有酸甜苦辣等各種味道。他就將帶有苦味的草，給咳嗽不止的人吃，這個人的咳嗽立刻減輕不少；把帶有酸味的草，給肚子有病的人吃，這個人的肚子就不疼了。神醫嚐百草是十分辛苦的事，不僅要爬山走路尋找草木，而且品嚐草藥還有生命危險。神農為了尋找藥品，曾經在一天中中毒多次，神農被毒得死去活來，痛苦萬分。可是憑着他強壯的體力，又堅強地站起來，繼續品嚐更多的草木。大地上的草木品種多得很，數也數不清，神農為了加快品嚐草木的速度，使用了一種工具，叫"神鞭"，也叫"赭鞭"，用來鞭打各種各樣的草木，這些草木經過赭鞭一打，有毒無毒，或苦或甜，或寒或熱，各種藥性都自然地顯露出來。神農就根據這些草木的不同特性，給人類治病。他在成陽山上，曾經發現不少療效顯著的草藥，如甘草可以治療咳嗽，大黃可以治療便秘，黃蓮可以消腫等等。所以，後人管成陽山叫神農原，也叫藥草山。

人類所患的疾病很多，而神農所發現的草木有治病功效的不多，他為了治療更多的疾病，便不停地去品嚐更多的草木。一次，他在品嚐一種攀援在石縫中開小黃花的藤狀植物時，把花和莖吃到肚子裏以後，沒有多久，就感到肚子鑽心地痛，好像腸子斷裂了一樣，痛得他死去活來，滿地打滾。最後神農沒能頂得住，被這種草所毒死。神農以生命為代價，發現了一種含有劇毒的草，人們給它起名叫斷腸草。

實踐中，先民逐漸認識到，酒是一種最佳藥物溶劑，於是把酒和草藥混合在一起，創造出一種新的藥物劑型——"醪"

（chàng），即藥酒。"鬯"的甲骨文作""，金文作""，像用器皿盛放着用黑黍（秬）釀造的酒之形，本義就是祭祀時用的香草酒，以鬱金香草與黑黍混合釀製而成，其香濃郁，可以提神醒腦，祛除蠱野諸毒和穢腐惡臭。甲骨卜辭中有關於鬯的記載，說明至晚在殷商時期，先民已經知道製作和使用藥酒了。有人統計，至清代，散見於各種醫籍裏的藥酒方近千則，而流傳於民間的單驗方更不計其數。

針灸療法

砭 灸

最古老的針刺工具是"砭"，"砭"字從石突出了它的石製特點。砭的外形像一根粗大的針，所以也稱為石針，又稱藥石，或稱石。《一切經音義》："攻病曰藥石，古人以石為針。"《戰國策‧秦策》"扁鵲怒而投其石"，其中的"藥石"、"石"都指砭石。用石針刺病也叫"砭"，《説文解字》："砭，以石刺病也。""砭"的主要作用是挑破膿腫部位，使膿血流盡而加快腫塊痊癒。"砭"這種療法在古文字形體中有所反映：金文"殷"作""，左邊是突出腹部的人形，表示人腹部患疾腫脹，右下方構件像手持砭針刺腹部。砭針作為治療腫脹的常用工具，在文獻中多有記載。《黃帝內經‧素問》："其病為

宋代針灸學家王惟一所造的針灸銅人

癰瘍，其治宜砭石。"《淮南子·説山訓》高誘注："石針所抵，彈人癰痤。出其惡血。"考古中，砭石多有發現，山東日照西城鎮龍山文化遺址中曾採集到兩枚錐形砭石，河南鄭州附近的龍山文化灰坑裏也發現一枚三棱形砭石。這説明新石器時代後期，人們已經懂得用砭石的治療技術了。商周以後，青銅冶煉技術高度發展，刺病的石針，逐漸被金屬針代替。《一切經音義》："古人以石為針，今人以鐵，皆謂療病者也。"《左傳·襄公二十三年》服虔注："石，砭石也，季世無復佳石，故以鐵代之耳。"於是，文字中也出現從金的"鍼"字，後簡化為"針"。隨之，以砭石治病的技術也慢慢退出歷史的舞台。《漢書·藝文志》："醫經者，原人血脈經絡骨髓陰陽表裏，以起百病之本，死生之分，而用度箴石湯火所施。"顏師古注："箴，所以刺病也。石謂砭石，即石箴也。古者攻病則有砭，今其術絕矣。"可見，東漢時期砭石技術已經絕跡。

"灸"是中國古代醫學中常用的另一種治療方法。《説文解字》："灸，灼也。從火久聲。"段玉裁注："久灸皆取附箸相拒之意。凡附箸相拒曰久，用火則曰灸。"那麼，"久"不僅標識"灸"的讀音，也有表意的作用，即"久"、"灸"是讀音相同，並有相同義素的同源字。"灸"的字形從兩個方面説明了灸療的基本特點："灸"從火表明要用火燒，燒灼是灸療的第一個特點；從久表明"灸"在灼燒時要"附箸相拒"，既不要像針療那樣刺割，也不要像按摩那樣漫漶，而是抵近肌膚表面的某一穴位點灼燒，以求對人的經絡穴位產生某種熱刺激，從而調理氣血陰陽，疏通經脈，使人康復。

玉石加工

玉雕是一門古老的藝術。原始人就已知道用美玉裝飾自己，美化生活。奴隸社會以後，玉雕工作成為一個專門為統治者服務的行業。美玉不僅是一種藝術品，而且成為一種禮器。人們用玉比況美德，以玉顯示地位，形成了一種崇尚美玉的傳統。"君子無故玉不去身"，意思是君子沒有重大的變故，所佩戴的玉是不會離開自己的身體的。可見中國人對玉的感情很深。

• 從石到玉

石 玉

說玉必須先談石。"石"的甲骨文作"𠂇"或"𥑮"，像山石之形。本義就是"山石"。原始人類的常用工具就是木棒和石頭。可以說，是石頭敲開了人類文明的大門，對石頭加工程度的不同成為早期人類發展進程的重要標誌，並據此把原始社會劃分為舊石器時代和新石器時代。玉是石頭的一種，《說文解字》把"玉"

説解為"石之美"，就是説，玉就是漂亮的石頭，具體説就是質地堅硬、顏色美麗、色澤光潤的石頭。"玉"的甲骨文作"✦"或"✦"，像一串貫玉之形，説明古代的玉是經常穿成串的。《説文解字》古文作"𤣥"，小篆作"王"。《説文解字》説解為："石之美。有五德：潤澤以溫，仁之方也；䚡理自外，可以知中，義之方也；其聲舒揚，專以遠聞，智之方也；不橈而折，勇之方也；鋭廉而不技，絜之方也。象三玉之連。｜，其貫也。"可見，在先人心目中，玉具有"仁義智勇潔"五種美德。不僅如此，在華夏先民心目中，玉還具有某種神力，因此常用來作祭祀用品和通神的媒介。如"禮"的甲骨文作"✦"，由取象鼓形的"✦"和取象兩串玉的"✦"構件組成。説明古代祭祀禮儀中，玉是重要通神之物。同樣，神靈的"靈"小篆字形作"靈"或"靈"，分別以"玉"、"巫"為表義構件，也説明"玉"具有通神功能。

玉在人們心目中是極其高貴的東西，有的玉價值連城，甚至成為無價之寶。傳説戰國時期趙惠文王得到了一塊名為和氏璧的美玉，秦昭王提出要用十五座城交換這塊和氏璧，藺相如奉命帶寶玉去秦國交換，看出秦王毫無誠意，於是憑着自己的聰明才智，終於使寶玉完好回歸趙國。這就是"完璧歸趙"的故事。

● 玉上的污點

玷　瑕　玭

作為無價之寶的美玉，必須極其完美，沒有任何污點。漢字中有幾個專門表示玉上污點的字，如"玷"、"瑕"、"疵"。

"玷"字從玉，與"點"同源，本義是小黑點，"玷"專指玉上的黑點。《詩經‧大雅‧抑》"白圭之玷，尚可磨也"，是說白圭上的污點是可以磨掉的。

"瑕"字從玉叚聲，以"叚"為聲符的字，大都具有"赤紅"的意義特點，如："騢"，《説文解字》説解為"馬赤白雜毛"；"霞"，《説文解字》説解為"赤雲氣也"；"鰕"（"蝦"的異體字）煮熟後呈赤紅色。同樣，"瑕"《説文解字》説解為"玉小赤也"，本義就是白玉上的紅色斑點。《史記‧廉頗藺相如列傳》記載，藺相如奉命帶寶玉去秦國交換，看出秦王毫無誠意，於是對秦王說"璧有瑕，請指示王"，意思是說和氏璧上有暗斑，請讓我指給您看。當秦昭王遞還和氏璧後，藺相如便派人暗中送回趙國。

"疵"與"疵"同源，意思是"玉病"，即玉上的斑點，也用來比喻事物的缺點。

• 玉的加工

璞　理　琱　琢

"璞"字甲骨文作""，外邊的構件像高山之形，裏邊的部分，右邊像雙手持工具鑿取玉石，左上方的構件是"玉"，左下方的構件像盛玉石的筐，整字表示在山中開採玉石，本義就是"含玉的礦石，未經雕琢的玉"。

要將玉從璞中剖離出來，必須依據石頭的紋理。"理"字以"玉"為表義構件，本義就是"治玉"，也就是把玉從璞中剖離出來。璞如果不經過"理"這道工序，一般人是很難識別的。《韓非子》記載了和氏璧未剖離之前不能被人識別的故事。春秋時期，楚國有一個叫卞和的人，在荊山裏得到一塊璞玉。卞和捧着璞玉去見周厲王，厲王命玉工查看，玉工說這只不過是一塊石頭。厲王大怒，以欺君之罪砍下卞和的左腳。厲王死，武王即位，卞和再次捧着璞玉去見武王，武王又命玉工查看，玉工仍然說只是一塊石頭，卞和因此又被砍去了右腳。武王死，文王即位，卞和抱着璞玉在楚山下痛哭了三天三夜，哭乾了眼淚，最後眼睛哭出了血。文王得知後派人詢問原因，卞和說：我並不是哭我被砍去了雙腳，而是哭寶玉被當成了石頭，忠貞之人被當成了欺君之徒，無罪而受刑辱。於是，文王命人"理其璞"，即剖開這塊璞玉，見真是稀世之玉，命名為和氏璧。

美玉從璞中剖離後，還要繼續打磨加工，然後才能成形。加工玉石的動詞主要有"琱琢"。"琱"、"琢"小篆分別作"琱"、"琢"，《說文解字》均說解為"治玉也"，說明它們是同義詞，但二者也有細微差別："琱"的意義側重於"刻"，"琢"與"啄"有同源關係，側重於像鳥啄食一樣一點兒一點兒地打磨。"琱"還有一個異體字"彫"，從彡。以"彡"為表義構件的字多表示裝飾義，《說文解字》說解為"琢文也"，顯然，"彫"字的造字理據是雕琢後的玉器成品有光彩。

珮 璜 璧
瑗 環 玦 琀

　　"珮"與"佩"是同源詞。"佩"表示佩戴，"珮"則指佩戴在身上的玉質裝飾品，是玉質裝飾品的泛稱。不同形制的玉珮又各有專名。

　　璜，《說文解字》說解為"半璧也，從玉黃聲"。璜是一種弧形的玉佩，形制多樣，有扇形、半環形、半月形、拱橋形等。常見的璜，兩端多雕作龍首或獸首紋，這使人聯想到"長虹飲於河"的傳說，因此有的學者認為，"璜"是模仿"虹"的。璜的用途，一是"以玄璜禮北方"，即用來祭祀北方之神玄武。璜更廣泛的用途是作佩飾之用。一般說來，大型璜作禮儀玉，中小型璜為佩飾玉。

璜

　　璧、瑗、環都是中央有孔的平圓形玉器，都以玉為表義構件。《爾雅》："好倍肉謂之瑗，肉倍好謂之璧，肉好若一謂之環。"其中"肉"指玉質部分，"好"指中間的孔，即中間空缺部分。可見，環、璧、瑗之間的區別主要是中央孔的大小。"肉倍好謂之璧"意思是玉質的外環是內中空缺部分的二倍的平圓形玉

不同形制的古玉器

器叫作璧，即中央孔小的是璧；"好倍肉謂之瑗"意思是玉質的外環是內中空缺部分的二分之一的平圓形玉器叫作瑗，即中央孔大的是瑗，類似今天的手鐲；"肉好若一謂之環"意思是玉質的外環與內中空缺部分正好相等的叫作環，即中間孔不大不小的是環。

玦

玦與缺同源，是一種形狀如環，但有缺口的玉器（如圖）。古人常常佩戴玦，借以表示要有決心。《左傳·閔公二年》記載，當狄人進攻衛國時，衛懿公給了衛大夫石祁子一塊玦，給另一個大夫一支箭，表示讓他們下決心保衛衛國，抵禦狄人；鴻門宴上范增對項羽"舉所佩玉玦以示之者三"，暗示項羽要決心果斷地除掉劉邦。

玦除了表示決斷、決心外，還表示訣別。《荀子·大略》"絕人以玦，反絕以環"，意思是用玦表示訣別，用環表示歸還。如果一個臣子獲罪被流放，君主賜給他玦，表示訣別；幾年之後，如果賜給玉環，表示他可以歸還。

琀與含同源，是死者口中所含的玉。華夏先民"事死如事生",對待死者像對待生者一樣,因此非常重視喪葬禮儀。其中一個重要的禮儀就是在死者口中放一些飯食,表示他帶着飯走,以後不會餓肚子。《戰國策‧趙策》"鄒魯之臣,生則不得事養,死則不得飯含",即是說鄒國的貧弱,臣子在活着的時候不能得到奉養,死後連含的一口飯都沒有。這從另一個角度也說明,"飯含"在戰國時已是對死者的必備禮儀,直到現在,中國人仍然有給死者口中放飯食的習俗。古代貴族死者口中放的不是飯食,而是美玉,稱作"琀"。

• 玉質符信

瑞 圭 璋 珇 琥

"瑞"字從玉,《說文解字》說解為"以玉為信也",本義就是玉質符信。華夏先民認為,玉是有德之物,可以取信。因此,常把一塊玉分成兩塊,協議雙方各持其中一塊,必要時將其合起來。"班"字金文作"班",中間是刀,表示用刀把玉從中間切開,本義就是"分瑞玉"。瑞就是可以用作符信的其中一塊玉,在周代有專門掌管玉瑞的官員,叫"典瑞"。

瑞有多種形制,多種作用。這裏主要介紹圭、璋、珇、琥等。

圭,《說文解字》說解為:"瑞玉也。上圓下方。公執桓圭,九寸;侯執信圭,伯執躬圭,皆七寸;子執穀璧,男執蒲璧,皆五寸。以封諸侯。從重土。楚爵有執圭。珪,古文圭從玉。"本義是古代帝王或諸侯在舉行典禮時拿的一種上圓下方的玉器。玉圭是上古重要的禮器，被廣泛用作"朝覲禮見"時標明等級身份，也是祭祀、喪葬時所用的禮器。周天子為便於統治，命令諸侯定期朝覲，以便稟承周王室的旨意。為表示他們身份等級的高低，周王子賜給每人一件玉器，在朝覲時持於手中，作為他們身份地位的象徵。通過不同尺寸的圭，顯示了上至天子、下到侯位的不同等級；同時不同尺寸的圭加以不同的名稱（如鎮圭、桓圭、信圭、躬圭）等，也顯示了周室安邦理國的信念。不同名稱的圭是賦予持有不同權力的依據，如：珍圭——召守臣回朝，派出傳達這個使命的人必須手持珍圭作為憑證；遇自然災害，周天子派去撫恤百姓的大臣所持的信物，也為珍圭；穀圭——持有者行使和解或婚娶的職能；琬圭——持有者行使嘉獎的職能；琰圭——持有者行使處罰的職能。戰國以後圭在社會上就不再流行，各代帝王在遵循古制、點綴朝廷的威儀時曾製造過，但絕大多數沒有流傳下來。漢代玉圭已從日常生活中消失，只有王公貴族為了顯示其地位，才特別雕造了少量的玉圭。

金文中有一個"𤰲"字，楷定為"章"，像牙璋之形，應是"璋"的初文。《說文解字》"剡上為圭，半圭為璋"。"剡上為圭"意思是上部尖銳下端平直的片狀玉器叫作圭，"半圭為璋"意思是形狀像半個圭的叫作璋。璋屬於禮玉六器之一。《周禮·考工記》"大璋亦如之，諸侯以聘女"，"大璋、中璋九寸，邊璋七寸，射四寸……天子以巡守"。說明玉璋不僅是諸侯聘女的禮器，還是天子巡狩的時候祭祀山川的器物。大山川用大璋，中山川用中璋，小山川用邊璋。所祭的如果是山，禮畢就將玉璋埋在地下；

如果是川，禮畢就將玉璋投到河裏。

《詩經‧小雅‧斯干》："乃生男子，載寢之牀，載衣之裳，載弄之璋"，"乃生女子，載寢之地，載衣之裼，載弄之瓦。"於是，把生男孩子叫"弄璋之喜"，生女孩子叫"弄瓦之喜"。璋為禮器，瓦（紡輪）為工具，使用者的身份也完全不一樣。而以其表示男女，凸顯了男尊女卑的社會習俗。

圭

瑁與帽同源，瑁是古代帝王所執的玉器，用以合諸侯的圭，圭瑁相合的方法是地瑁覆於圭上。

琥，《說文解字》說解為："發兵瑞玉，為虎文。從玉從虎，虎亦聲。《春秋傳》曰：'賜子家雙琥。'"琥就是一種形似老虎的禮器，往往作為發兵的憑證。"信陵君竊符救趙"所竊之符，就是虎符，即琥。故事發生於公元前 260 年，在長平之戰中，秦國大破趙軍，坑殺趙降卒四十萬。秦又乘勝圍攻趙國首都邯鄲，企圖一舉滅趙，再進一步吞併韓、魏、楚、燕、齊等國，完成統一中國的計劃。當時的形勢十分緊張，特別是趙國首都被圍，諸侯都被秦國的兵威所懾，不敢援助。魏國是趙國的近鄰，又是姻親之國，所以趙國只得向魏國求援。就魏國來說，唇亡齒寒，救鄰即自救，存趙就是存魏，趙亡魏也將隨之滅亡。信陵君認識到這一點，他不惜冒險犯難，竊得兵符援救趙國，抗擊秦兵，終於挫敗了敵人。

天災人禍

人們常常慨歎人生的多災多難，因此甲骨文中"災"字異體繁多，有的字形側重於表示水災，有的字形側重於表示火災，有的字形側重於表示兵災。

• 水災

表示水災的字，甲骨文早期字形作"〰"，像洪水橫流、泛濫成災之狀；中晚期作"〰"，像川流之中有阻礙之形，表示因水流不通而泛濫成災。到小篆還有這種專用來表示水災的字形"〰"，《說文解字》說解為"害也。從一雝川"，意思是說因水流不同造成災害。

• 火災

表示火災的字，甲骨文字形有"囧"、"囧"，像房子着火之形，還有的作"ᶲ"，為從火才聲的音義合成字，這兩種字形到小篆分別演變為"囧"、"燊"，《說文解字》說解為"天火曰裁"。

• 兵災

表示兵災的字，甲骨文字形作“𢦨”，從戈才聲，顯然這種災難與“戈”相關。戈是古代的一種兵器，因此這個字形表現的是戰爭帶來的災難。後來，又有用表示洪水和天火的構件組合而成的“災”字。

總之，從古文字形體可以看出，自古以來，人類就不僅把洪水、天火等自然現象看作災難，也把戰爭這種人為的殺戮現象看作災難。

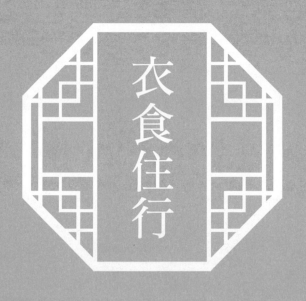

衣食住行

◇　　◇　　◇　　◇

　　衣、食、住、行是人類生活的四大方面。本章以古文字為線索，對中國古代衣、食、住、行四個方面的內容進行了勾勒介紹。廣義的"衣"指服飾，分為頭衣、體衣和足衣；狹義的"衣"專指上衣。服飾不僅用來禦寒，還有裝飾作用和區分尊卑的功能。"民以食為天"，本章不僅介紹了中國古代飲料和食物的種類，還對烹飪方法和飲食烹飪器具進行了介紹。"住"的方面，則按照中國先民居住環境的變化，從山居野處、半穴居到地上建屋的順序進行了介紹；同時，對高台亭樓和防禦性建築也進行了介紹。"行"的方面，則按照水上交通、陸路交通以及行的方式和交通工具幾個方面進行了介紹。

古代服飾

● 髮飾與頭衣

冠 簪 笄 幘

　　中國古代先民認為頭髮是身體的一個部分，受之父母，且處於頭部，應當格外重視，因此終生不會隨意剪髮剃髮。頭髮被剃，多是因為犯罪或出家，例如上古五刑之一的"髡（kūn）刑"，就是將犯人的頭髮剃去。頭髮還必須紮束起來，否則，披頭散髮會被視為異類，成語"被髮左衽"就是對異族人髮飾和服飾特點的概括。因此，華夏先民從小就要把頭髮紮起。孩童時期，一般把頭髮中分，在頭的兩側束成兩結，因為形狀像牛角，所以叫總角。因此，用"總角"指代八九歲到十三四歲。後來人們也用"總角之交"來形容幼年時代就交好的朋友。十五歲左右，是入大學[1]之年，這時要把總角解散，束成一髻，作為成童的標誌。

1　又稱"太學"，是古代成人受教育的地方。

古代貴族男子二十歲、女子十五歲要舉行比較隆重的成年儀式，即束髮加冠、束髮加笄。

　　束髮所用之物，不一而足，對於男子來説，主要有冠、簪（或稱笄），女子則主要用簪。

　　冠，小篆作 。《説文解字》説解為：“冠，絭也，所以絭髮，弁冕之總名也。……冠有法制，從寸。”從《説文解字》的説解看，“冠”有兩個意義，一個是束髮之具，一個是弁冕等貴族頭飾的總稱。表示“束髮之具”的“冠”是戴在頭上用來約束頭髮的帶孔之管，用冠將髮髻套住後，再用簪子穿過冠的孔把它固定，從而把冠與髮髻固定起來。冠還要繫纓，“纓”就是用來繫冠的帶子，一般繫在下巴下面。

　　在等級森嚴的古代社會，只有貴族才可戴冠。貴族男子到二十歲要行冠禮，冠禮一般在祖廟進行，由受冠者的父親或兄長主持。屆時要請賓客到場，按一整套複雜的程序行禮，核心內容是三次加冠、取字和禮見。初次加冠，表示授予貴族“治人”的特權；再次加皮弁，表示從此有服兵役的義務，有參與保護貴族權利的責任；三次加爵弁，表示從此有在宗廟中參與祭祀的權利。實行加冠禮後，表示受冠者已經是成年人，因此，常用“冠者”表示成年人，如《論語・先進》：“冠者五六人，童子六七人，浴乎沂，風乎舞雩。”戴冠要束髮，所以古人又以“結髮”表示二十歲。陳子昂《感遇詩三十八首》之三四：“自言幽燕客，結髮事遠游。”

　　加冠後，貴族在一些場合必須戴冠，否則會被認為不合禮節。《國語・晉語》説：“人之有冠，猶宮室之有牆屋也。”冠是

衣食住行

古代士人以上階層必用的服飾，戴冠是一種禮，不戴冠是"非禮"的。正因如此，《晏子春秋‧內篇雜上》載："（齊）景公正晝被髮，乘六馬，御婦人以出正閨，刖跪擊其馬而反之，曰：'爾非吾君也。'公慚而不朝。"可見皇帝如果不戴冠就出門，竟會因此被門人冒死阻擋，且令其本人也慚愧不已。公元前 480 年，衛國發生了政變。孔子的兩個弟子，子路和子羔都在衛國。當時，子路直入宮廷參加戰鬥，結果被打斷了結冠的纓帶，冠就要掉下來了。這個時候，子路高叫："君子死，冠不免！"於是停止戰鬥，結纓正冠，結果喪命。子路的做法非常極端，但從中可看出戴冠在當時是多麼重要的禮節。

"簪"，小篆字形作"�"，《説文解字》説解為"首笄也。從人、匕，象簪形"，即中間的為"人"構件，上邊的構件像簪子之形，整字像人頭上插着簪子。"簪"也叫"笄"，多用竹、玉、金屬等製成。笄可分為髮笄和橫笄兩種。髮笄是專門固定頭髮的，橫笄是固定冠冕的。古時女子十五歲時行及笄之禮，舉行一個儀式，把女子的頭髮梳成成人的髮髻，表示女子已經成人。已經許嫁的女子舉行笄禮比較隆重，要宴請賓客。沒有許嫁的女子舉行笄禮較簡單，到時請一位婦人給行禮的女孩梳一個髮髻，插上髮笄即可；儀式過後，取下髮笄，依然恢復原來的丫髻。笄禮的形式一直保持到宋代，明清時漸漸消失，但仍有上"髻"風俗，即把"頭髮盤起"，這是女子出嫁時的一個環節，也是及笄之禮的遺風。到了今天，"及笄之年"一般代指女子十五歲。

用來束髮的還有"幘"字，小篆作"幘"，《説文解字》："幘，髮有巾曰幘，從巾責聲。"即在頭髮上罩頭巾，就是幘。漢代應劭《漢官儀》："幘，古卑賤執事不冠者之所服也。"幘是不能戴冠的地位卑下者佩戴的。漢代開始，幘也為戴冠者所用，不過幘上還要加冠，蔡邕《獨斷》説漢元帝額上有向下生的頭髮，不願被人看見，於是就用幘遮蓋，於是羣僚就跟着戴幘。顏師古注《急就章》説："幘者，韜髮之巾，所以整亂髮也。常在冠下，或單着之。"就是説幘是包頭髮的巾，可在冠下面，也可單戴。

幗 冠 冕 弁

"幗"本指婦女頭髮上的飾物。古時候的貴族婦女，在舉行祭祀大典時戴一種用絲織品或髮絲製成的頭飾，它的特點是寬大似冠，高聳顯眼，內襯金屬絲套或用削薄的竹木片紮成各種新穎式樣，外面緊裹一層彩色長巾而成，有的還點綴着一些金玉珠翠製成的珍貴首飾。這種冠飾，戴在頭上，罩住前額，圍在髮際，兩側垂帶，結在項中，勒於後腦。既不同於髮式，也不同於裹巾，而且可以隨時取下，也可隨時戴上。先秦時期，男女都能戴幗，用作首飾；到了漢代，才成為婦女專用。因巾幗這類物品是古代婦女的高貴裝飾，人們便稱女中豪傑為"巾幗英雄"，後人又把"巾幗"作為婦女的尊稱。傳説諸葛亮曾送給司馬懿一頂巾幗，就是譏諷司馬懿像個女人，不敢與蜀兵交戰。

如前所述，"冠"有兩個意義，除了表示束髮用具，還是弁冕等貴族服飾的總稱，即類似今天像帽子一樣戴在頭上的一種服飾，它的作用是一種身份地位的象徵。《禮記・內則》："有虞氏皇而祭，深衣而養老；夏后氏收而祭，燕衣而養老；殷人哻而祭，縞衣而養老；周人冕而祭，玄衣而養老。"冠出現得很早，不同時期有不同的名稱，即夏代稱為"收"，商代稱為"哻"，周代以後稱為"冕"。"冕"西周金文作"🔲"，像人戴冕之形，後來增加構件作"冕"。

周代以前的冕冠樣式，到漢代創立時已經失傳。漢初帝王祭祀時所戴的冠是劉邦創造的長冠。東漢明帝時為了進一步規範禮制，特別要求有司及儒學大師根據典籍，重新制定了冕冠制度，並一直傳襲下去，直到明亡後漢族冠服制度的取消。冕冠的形制特點是，上面有長條形的板子叫"延"或"冕版"。冕版通常是前圓後方，象徵天圓地方；前低後高，寓意俯伏謙遜。冕版表面多裱以細布，上面漆成黑色，下面漆成淺紅色。兩端分別垂有若干串玉珠，稱為"旒"，穿珠的彩繩是以五彩絲線編織而成，稱為"藻"。珠串的多少依身份不同或多或少，以十二旒為最尊貴，專用於帝王。冕冠是重大祭祀時才戴的禮冠，平時是不能隨意戴的，因此，冕冠實際上就是一個象徵符號。

弁，古代貴族男子穿禮服時戴的一種次於冕的帽子，甲骨文作"🔲"，西周金文作"🔲"，籀文作"🔲"，《說文解字》小篆或體"🔲"，都像雙手扶冠之形，即以雙手"敬以承之也"。弁有爵弁、皮弁、韋弁之分。一般認為爵弁的形制像冕，但頂上的版前後平，無旒，顏色像雀頭。爵弁服是古代的士協助君主祭祀時的服飾，士也可在親迎等儀式穿，是士的最高服飾。皮弁用白鹿皮製成，由幾塊拼接而成。皮弁服是天子、諸侯、大夫次於冕的禮服。韋弁是打仗狩獵時的弁。由於韋弁是打仗狩獵時所戴，又成為士的常服。

巾

"巾"字甲骨文作"巾"，像佩巾下垂之形，"巾"本是用來擦抹、包裹或蓋東西的小塊織物，戴在頭上就稱為"頭巾"，與現代陝北農民用白羊肚手巾包頭相類似。古代貴族戴冠，平民百姓則主要是戴頭巾。春秋戰國時期，士兵來自於平民，多用青布包頭，軍隊有稱之為"蒼頭軍"的，如《戰國策·魏策》："今竊聞大王之卒，武力二十餘萬，蒼頭二十萬。"東漢時受玄學影響，人們對傳統禮儀俗法有一種抵觸或反叛的心態，認為戴頭巾很輕鬆，甚至很風雅，因此在魏晉南北朝時期，頭巾在讀書人中廣為流行，並發展成一種"折角巾"。"角巾"進而成為文人隱士的象徵，成語"角巾私第"正式保留了這種象徵的使用。成語"角巾東路"意謂辭官退隱，登東歸之路，後成為歸隱的典故。

從頭巾又演變出幞頭，就是在方巾上剪裁出四條腳帶，並將四腳接長，形成寬帶，這樣繫裹在頭上，不僅方便，而且比較穩當，不容易散開。幞頭於唐代盛行，唐代男子的典型服飾離不開幞頭。

帽

　　帽是戴在頭上的首服的統稱，主要用於防寒保暖。《説文解字》未收"帽"字，説明該字出現較晚。但《説文解字》中有"冃"字，小篆作"冃"，説解為："小兒蠻夷頭衣也。從冂；二其飾也。"意思是少數民族小孩戴的帽子；又有"冒"字，小篆作"冒"，古文作"冒"，其中"冃"構件表示帽子，裏邊的構件代表人頭，整字表示頭上戴着帽子。可見，帽子本是少數民族人士戴的，不合中原規範。三國時連年戰亂，人們不怎麼講究傳統的冠冕制度了。曹操根據上古的鹿皮弁創製了"帢"，其特點是尖頂、無簷、前端有縫，由於曹操的提倡，帢廣泛流傳於朝野，並被後世繼承。帢的造型特徵已與少數民族的帽子沒甚麼大差別，漸漸地人們把帢帽混稱，而後來"帽子"成了"一統天下"的稱呼。

　　烏紗帽作為官宦的代名詞是在明代才正式開始的，在此之前，頭巾逐漸演變成幞頭，幞頭逐漸演變成紗帽。隋唐時，天子、百官、庶人都可以戴烏紗帽，後來宋代在紗帽的兩邊加上雙翅，而官員的紗帽以黑色為主，到明代時，將紗帽定為文武官的禮帽。明代開國皇帝朱元璋定都南京後，於洪武三年作出規定："凡常朝視事，以烏紗帽、團領衫、束帶為公服。"意思是，文武百官上朝和辦公時，一律要戴烏紗帽，穿圓領衫，束腰帶。另外，取得功名而未授官職的狀元、進士，也可戴烏紗帽。從此，烏紗帽成為只有當官的才能戴的帽子，平民百姓就不能問津了，烏紗帽慢慢成為官宦的代名詞。明代官帽的帽翅多為橢圓鏟形，這一典型形象在戲劇舞台上有充分的表現。

- ## 體衣

《墨子·辭過》“古之民未知為衣服”，後來經“聖王”定下了“衣服之法”，人才穿上了衣服，目的在於“適身體，和肌膚”。《釋名·釋衣服第十六》說：“上曰衣，衣，依也，人所依以芘寒暑也；下曰裳，裳，障也，所以自障蔽也。”我國古代服裝的基本形制是“上衣下裳制”。下面選取其中最具代表性的上衣、下衣來介紹。

“衣”，甲骨文寫作“”，西周金文作“”，像開領上衣左右襟相掩之形。甲骨文字形是右領壓住左領，即“左衽”；金文字形是左領壓住右領，即“右衽”，這說明最初對上衣左衽還是右衽沒有嚴格規定。至遲到周代，中原地區已經形成了“右衽”的風俗，而“左衽”則是北方少數民族和西域胡人的衣服款式。《論語·憲問》裏有一條：“微管仲，吾其被髮左衽矣！”這意思是說，如果沒有管仲，我們恐怕要披頭散髮穿左衽的衣服了！這是孔子對管仲輔佐齊桓公的“尊王攘夷”之功的肯定。當

1972 年湖南長沙馬王堆出土的紗衣

時"被髮左衽"是北方少數民族的習俗。由於管仲輔佐齊桓公成功抵禦了當時某些北方民族對中原地區的侵擾，保護了中原地區的周王室與諸侯國，所以孔子用這句話表揚他。

襦 複 袍

"襦"（rú）字的形旁為"衣"，本義是短上衣，是一般人平時禦寒所服。"襦"有長襦短襦之分；齊膝的叫長襦，漢代辛延年《羽林郎》"長裙連理帶，廣袖合歡襦"；齊腰的短襦稱腰襦或小襦，《孔雀東南飛》"妾有繡腰襦，葳蕤自生光"，其中腰襦就是短襦。襦和裙對稱時，可叫"上襦"，如《陌上桑》"緗綺為下裙，紫綺為上襦"。襦既是禦寒之衣，一般就會有裏子，如古樂府《婦病行》"抱時無衣，襦復無裏"。

"複"從衣復聲，本義就是夾衣。《說文解字》："複，重衣貌。"《釋名·釋衣服第十六》："有裏曰複，無裏曰禪。"顯然，"複"是相對單衣的"禪"而言的。本義為夾衣的字還有從衣合聲的"袷"，《說文解字》說解為："袷，衣無絮。"

"袍"從衣包聲，形旁"衣"標誌所屬的大類，聲旁"包"兼表義，有包住全身的意思，本義是長至腳背的長襖，有裏子面子，中間絮絲綿或亂麻，一般說來，穿不起裘的人才穿袍。《詩經·秦風·無衣》"豈曰無衣，與子同袍。"這裏指戰袍。漢以後有絳紗袍、皁紗袍，袍成了禮服了。袍還有另一個含義，類似後代睡衣，《禮記·喪大記第二十二之二》"袍必有表，不禪，衣必有裳，謂之一稱”，鄭玄注：“袍，褻衣，必有以表之乃成稱也。”表是罩衣，最初，袍是睡衣，只能家居時穿。

裘

　　“裘”字甲骨文作“”，像毳毛在外的皮衣之形，説明了裘的本義就是我們現在説的皮草。“表”字小篆字形作“”，從衣從毛，《説文解字》説解為“古者衣裘以毛為表”，也説明裘的特點是毳毛在外。貴族穿裘，在行禮或待客時要罩上罩衣，否則被視為不敬。《禮記·玉藻》：“表裘不入公門。”就是説裘上不加罩衣不能到正式場合。罩衣叫作“裼”，裼衣的顏色必須與裘衣相諧調。《禮記·玉藻》説：“君衣狐白裘，錦衣以裼之。”意思是國君的狐白裘上要罩素錦裼衣。《論語·鄉黨》中説“緇（zī，黑色）衣羔裘，素衣麑（ní，小鹿）裘，黃衣狐裘”，平常家居，裘上不加裼衣，庶人穿犬羊之裘，也不加裼衣。

　　用以做裘的皮毛多種多樣，例如狐、豹、虎、熊、犬、羊、鹿等，後來還有狼裘、兔裘等。其中狐裘和豹裘最為珍貴，為達官貴人所穿，《史記·孟嘗君列傳》：“此時孟嘗君有一狐白裘，直千金，天下無雙。”可見這種狐白裘價值不菲，它是用狐腋下最柔軟最溫暖的皮毛製成的，由於稀少，因此顯得珍貴。至於詩仙李白放歌“五花馬，千金裘，呼兒將出換美酒……”更是採用了誇張的手法，以顯示李白對錢財的不在意。狐裘珍貴，主要用於正式場合。羊裘和鹿裘是粗劣之裘，因此穿羊裘、鹿裘常被用來形容人貧窮或生活簡樸。《史記·劉敬列傳》記載劉敬貧困時曾穿羊裘而自稱“衣褐”。

“褐”字《説文解字》説解為：“編枲襪。一曰粗衣。”可見“褐”有兩個意義，一是用粗麻編織的襪子，二是用粗毛或粗麻製成的衣服。這種用粗麻編織的“褐”不僅不華麗，而且分量重，不保暖，是貧苦人所穿，成為貧苦人的標誌，所以古人常以脱去褐衣表示做官，叫作“釋褐”。揚雄《解嘲》：“夫上世之士，或解縛而相，或釋褐而傅。”

袞

“袞”字從衣公聲，《説文解字》説解為：“天子享先王，卷龍繡於下幅，一龍蟠阿上鄉。”袞是古代帝王祭祀先王時所穿的禮服，也稱袞衣、袞服。袞服上面的章紋都有其各自特定的含義和象徵性，在歷朝歷代的帝王的法服上延續不變。在這裏服飾的意義早已不再是簡單的衣服，而是上升為精神的承載體。

褻　衷

　　“褻衣”也就是內衣，是最具隱秘性的服飾形制。《說文解字》：“褻，私服。”褻衣又叫衷衣。《說文解字》把“衷”說解為“裏褻衣”，說明“衷”的本義也是內衣。內衣在漢代稱“抱腹”或“心衣”，“心衣”的基礎是“抱腹”，“抱腹”上端不用細帶子，而用“鈎肩”及“襠”就成為“心衣”。兩者的共同點是背部袒露無後片。

帶　紳

　　“帶”小篆字形作“帶”，《說文解字》說解為：“紳也。……象繫佩之形。佩必有巾，從巾。”帶子主要起到束腰的作用，一般繫在腰上，後來稱之為腰帶。腰帶出現得比較早，舊石器時代的先民捆紮獸皮、樹葉的繩索，就是腰帶的雛形。新石器時代由於縫紉技術的提高，布帛的出現，腰帶增加了裝飾的意義。仰韶文化有腰帶陶環，江蘇邳州出土了長方形的腰帶骨環，說明這個時代的腰帶已經比較講究了。帶分大帶、革帶。大帶主要用來束腰，革帶主要用來繫韍（fú）並懸掛配飾。腰帶扣合的地方有金製、銀製、銅製、鐵製、革製等，以此來顯示地位的尊卑。

　　大帶打結後餘下的垂下部分稱之為紳。邢昺在《論語註疏》中說：“以帶束腰，垂其餘以為飾，謂之紳。”現代漢語有“縉紳”

的説法，指的是貴族士大夫，主要是因為士大夫在上朝的時候把記事的笏板插在腰帶間，叫作"縉紳"。

"市"（fú）字金文字形作"市"，小篆字形作"市"，像在巾上有一條橫帶之形，《説文解字》説解為："韠也。上古衣蔽前而已，市以象之。天子朱市，諸侯赤市，大夫蔥衡。從巾，象連帶之形。""市"還可以寫作"韍"和"芾"。"市"本是懸垂在小腹下的遮羞布，漢以前一般用皮革，魏晉以後一般用絲羅。漢以後又稱"蔽膝"，形似圍裙，繫在腰間，其長蔽膝，為跪拜時所用。從商周到元明一直保留此古制，即將其作為裝飾物蔽於裳前，並與莊重華麗的禮服相配。古人用這種方式表達對先人的尊崇和對古制的尊重。市是古人的命服，其製作和穿着上必然存在着等級差別。根據禮制，"市"的顏色從天子到諸侯到大夫都有嚴格規定。

"裳"，初文作"常"，《説文解字》説解為"常，下裙也"，就是裙子。裳本來是由具有勞動保護作用的圍裙發展而來的，屬於馬家窯文化類型的青海大通上孫家寨遺址出土的彩陶盆上有舞蹈文飾，一羣女子穿長裙牽手而舞，距今約四五千年了。"衣"和

"裳"是有分別的，衣主要指的是上裝，裳主要指的是下裙。《詩經·邶風·綠衣》："綠兮衣兮，綠衣黃裳。"這句話的意思是綠色的上衣啊，黃色的裙子。《詩經·齊風·東方未明》："東方未明，顛倒衣裳。顛之倒之，自公召之。東方未晞，顛倒裳衣。"說的是穿衣服太匆忙，把上衣和下衣都顛倒了。"裳"是由很多幅布連接而成的，鄭玄在《儀禮》注中談道："凡裳，前三幅後四幅也。"前後加起來大概是七幅布，所做成的應該是比較長的長裙。穿裙裝在魏晉以前，並不是女性的專利，男女都着裙裝。後來，裙子成為凸顯女性身材曲線，展現女性魅力的主要服裝。

褲

我國古代服裝形制在上衣下裳的模式形成之前，以一方布巾遮蔽下陰，即"市"；腿上則用布條纏繞，叫作"邪幅"。在《詩經·小雅·採菽》中"赤芾在股，邪幅在下"描寫了周代貴族儀服，保留着古老服飾形制的特點。邪幅即後世之行縢、綁腿，是用布條斜纏於腿。後來，由邪幅逐漸演化出"褲"，"褲"有多種寫法，如"絝"、"袴"，都是形聲字，形旁"糸"表示所用材料，"衣"表示字所屬之類，聲旁"夸"兼表義，"夸"甲骨文作"𡗶"，像兩腿分開之形。《釋名·釋衣服》："絝，跨也，兩股各跨別也。"說明褲分兩褲腿，兩腿分別套入褲腿。最初的褲子沒有襠，只有兩個褲筒，套在腿上，不包裹臀部、陰部，用帶子繫在腰間。《説文解字》："絝，脛衣也。"段玉裁注："今所謂套袴也。左右各一，分衣兩脛。"絝是保暖之衣，往往作為一種奢侈品而存在。"紈絝"是用細絹製成的褲，是有錢人的服裝。後來用"紈絝子弟"來指代富貴人家不務正業的子弟。

顯然，最初的褲並不便於勞作。我們今天所穿的褲子，是趙武靈王提倡"胡服騎射"引進華夏大地的。據《史記》記載，戰國時期的趙國，在與胡人部落交戰中常常處於不利地位。鑒於這種情況，趙武靈王就想向胡人學習騎馬射箭。要學習騎射，首先必須改革服裝，採取胡人的短衣、長褲服式。於是，趙武靈王於公元前 302 年開始改革。他力排眾議，在大臣肥義等人的支持下，下令在全國改穿胡人的服裝，因為胡服在日常生活中做事也很方便，所以很快得到人民的擁護。

褌

古代的褲子是沒有襠的，據考證，古人的襠部的確是甚麼也不穿，這是因為古人的上衣較長，像現代的大衣，可以遮蓋襠部，正是因為襠部無衣，所以古代的禮制規定，不是過河的話，不准把外衣提起來。如《禮記·曲禮上》："不涉不撅。""撅"即撩起衣服，意思是不蹚水過河就不要撩起衣服，以免"出乖露醜"。

褌 (kūn) 是後來才出現的，有兩種形制：一種為短式，似今天的三角短褲，稱為"犢鼻褌"；一種為長式，如今日之襯褲。其特點是都出現了襠。"犢鼻褌"因形似牛鼻而得名，不縫褲管，只是用一塊布纏於襠部，山東沂南漢畫像石上，有其形象，確實像犢鼻。犢鼻褲是貧賤勞作者所穿，《史記‧司馬相如列傳》記載：“而令（卓）文君當爐，相如身自着犢鼻褲，與保庸雜作，滌器於市中。”這是司馬相如有意穿犢鼻褲以示其貧賤，出老丈人卓王孫的醜。魏晉時代“竹林七賢”之一的劉伶，嗜酒如命，《世說新語‧任誕》記載了他的獨特言語：“劉伶恆縱酒放達，或脫衣裸形在屋中，人見譏之。伶曰：‘我以天地為棟宇，屋室為褌衣。諸君何為入我褌中！’”

● 足衣

穿在腳上的都可以叫作足衣，包括各種鞋子和襪子。它們出現的年代比衣服要晚，夏代以後鞋子才成為人們的必穿之物，襪子則更晚。

履

“履”是鞋最早的名稱，特指單底鞋。履是用葛、麻、皮、絲等材料製成的，底子比較薄。古代一般夏天着葛履，冬天着皮履。葛履和皮履都是比較高級的履，用絲作的絲履就更為奢侈，連士人君子都認為是鋪張。只有顯貴高官等有錢人才穿得上絲履，一般百姓是穿不起的。

履

　　"履"《説文解字》古文作"𩡺"，由"頁"、"足"、"舟"三個構件組成。"頁"像突出頭部的人形，表示意義與人有關；"足"和"舟"都是行進的憑藉，整字表示人行進之意，本義就是"行進"，戰國以後引申為鞋的通稱。小篆作"履"，《説文解字》説解為："足所依也。從尸，從彳，從夊，舟象履形。一曰尸聲⋯⋯古文履從頁，從足。"也是把"履"解釋為鞋的通稱。

　　在古人眼裏，"履"還是"禮"的體現。《釋名・釋衣服》："履，禮也，飾足所以為禮也。""履"和"禮"之所以有這樣的關係，大體有這樣幾個原因：首先，二者上古讀音相同，古代經學家和訓詁學家熱衷於"聲訓"，所以"履"訓"禮"，"禮"也訓"履"；其次，古人認為"禮"是可以實行、履行的，而"履"正有這個特徵；再次，服裝整齊本身就是"禮"的表現，所以《釋名》説"飾足所以為禮也"。

屐

　　木底有齒的鞋叫屐，屐可以踩在泥地上防污。《釋名・釋衣服》："屐可以踐泥也。"顏師古《急就篇》注："屐者，以木為之，而施兩齒，可以踐泥。"《資治通鑑・晉孝武帝太元八年》："過戶限，不覺屐齒之折。"可證屐有齒。《南史・謝靈運傳》："（靈運）尋山陟嶺必造幽峻……登躡常着木屐，上山則去其前齒，下山去其後齒。"後來人們便把這種屐叫作謝公屐。李白《夢遊天姥吟留別》："腳着謝公屐，身登青雲梯。"現代社會中，木屐仍普遍保留在日本人民的日常生活中。

舃

"舃"的小篆字形作"舃"，上面像鳥頭，下面像鳥尾及腳，本義是一種鳥，在《說文解字》中"舃"是"鵲"的異體字，讀作què。"舃"作鞋講可能是因為這種鞋的形狀像鵲鳥的樣子。

舃設計巧妙，可以防水。在先秦，是帝王之服。如《詩經·豳風·狼跋》："公孫碩膚，赤舃几几。"漢代帝王仍穿 ，如《漢書·東方朔傳》："貴為天子，富有四海，身衣弋綈，足履革舃。"舃與普通鞋最大的區別在於它的鞋底。舃的鞋底製成雙層，貼近腳的部分是布底，下面用木頭做成托底，所以舃底很厚。這種樣式有其實用目的：古代朝祭形式繁複，行禮者需要站立很長時間，舃的木底可以避開地面的潮濕，特別是祭壇設在郊外的"郊祭"，行禮者在清晨或雨雪天氣中站立於泥濕之地，舃底可以非常有效地解決濕透鞋底之苦。作為禮制的產物，舃是在中國傳統禮制走向成熟的商周時期產生的。舃的幫面通常以皮革製成，染有不同的顏色，根據周禮的規定，君王后妃及公卿百官所穿之舃，在不同的場合，必須着不同的顏色，並且必須和官服相配。舃的顏色以赤色為最高，周天子在最隆重的祭祀活動中，腳下要穿赤舄。漢代以後，舄成為一般鞋履的通稱。如《史記·滑稽列傳》：“日暮酒闌，合尊促坐，男女同席，履舄交錯，杯盤狼藉。”可見“舄”與“履”一樣成為鞋的普遍通稱。

靴

靴，從革化聲，革的本義是去掉毛的獸皮，即我們今天所說的真皮。“靴”和“鞋”都以革為表義構件，說明獸皮常用作製鞋的原料。靴原為中國北方遊牧民族所穿，它的特點是有長筒，又稱“馬靴”和“高筒靴”。靴的樣式有旱靴、花靴、皮靴、氈靴、單靴、棉靴、雲頭靴、鵝頂靴等等。

襪

“襪”字異體繁多，包括“韤”、“韈”，它們的部首依次為“衣”、“革”、“韋”，“衣”說明其類屬，“革”、“韋”說明其質料常常是獸皮。古代襪子是用帶子繫的。《史記·張釋之馮唐列傳》：“王生老人，曰：‘吾襪解。’顧謂張廷尉：‘為我結襪。’釋之跪而結之。”這裏的結襪就是把襪子帶繫好。古人登席必脫襪，否則為不禮。《左傳·哀公二十五年》：“(衛侯)與諸大夫飲酒焉，褚師聲子襪而登席。公怒。”按照古代禮節，臣見君，需解襪然後登席，褚師聲子穿着襪子登席，衛侯以為對自己不敬，所以“怒”。

"民以食為天"，中國的飲食文化源遠流長。人類最初的飲食方式與一般動物沒有明顯區別，他們獲取食物後，一般都是生吞活剝，就如《禮記·禮運》所說："未有火化，食草木之實，鳥獸之肉，飲其血，茹其毛。"即不經火燒，便生吃草木的果實、鳥獸的肉，喝鳥獸的血，吃鳥獸帶毛的肉。華夏先民"茹毛飲血"的歷史非常長久，生食的傳統甚至局部地保留到了現代。

人類在學會使用火之後，飲食種類和方法日益豐富。有些飲食文化現象封存在漢字形體中，成為我們今天探討飲食文化的重要依據和載體。

古代的各種飲料

"飲"的甲骨文字形為""，像一個人彎腰對着酒罈張口伸舌之形。《說文解字》古文字形"⿰"從水今聲，"⿱"從食今聲。小篆字形"⿰"從欠（像人張大口之形）從酉（像酒罈之形）今聲。楷書字形從食從欠。可見，"飲"的造字取象為飲酒，後引申泛指飲各種液體,即喝。《儀禮·公食大夫禮》:"飲酒漿飲,俟於東房。"

湯

現代人一提到湯,恐怕首先想到的是"汁多菜少的菜餚",如"綠豆湯"、"雞湯"。在古代,"湯"中可沒有菜,就是熱水、沸水。《孟子·告子上》:"冬日則飲湯,夏日則飲水。"其中湯和水分別指熱水和冷水。"湯"的這個意義在成語"金城湯池"、"赴湯蹈火"中還保留着。

漿

《說文解字》"漿,酢漿也",本義是一種微酸的飲料。《孟子·梁惠王下》:"以萬乘之國伐萬乘之國,簞食壺漿,以迎王師。"意思是說百姓用簞盛飯,用壺盛飲料來歡迎他們愛戴的軍隊。

酒

"酒"的甲骨文作"酒",兩邊是水,中間是酒器,本義是用糧食或水果釀成的含乙醇的飲料。金文作"酉",像酒器之形。

我國是酒的故鄉，也是酒文化的發源地，是世界上釀酒最早的國家之一。晉人江統在《酒誥》裏載有："酒之所興，肇自上皇……有飯不盡，委餘空桑，鬱積生味，久蓄氣芳。本出於此，不由奇方。"說明煮熟了的穀物，丟在野外，在一定自然條件下，可自行發酵成酒。人們受到這種啟示，逐漸發明了人工釀酒。

我國古代的酒大體上分兩種：一為果實穀類釀成之色酒，二為蒸餾酒。色酒起源於遠古時期。據說是夏代的儀狄始作酒，少康（一作杜康）作秫酒。最早的酒是用果實和花朵釀製的，而非穀類之酒。穀類之酒應起於農業興盛之後，有人認為應始於殷。因為殷代農業生產已比較發達，穀物比較豐富，用之作酒，勢所必然。用果實和穀物釀酒成為以後幾千年的傳統工藝，其特點是把果實或糧食蒸煮後，加麴發酵，壓榨而後才出酒。《水滸傳》中武松喝的十八大碗酒，就是果酒或米酒。隨着人類的進一步發展，釀酒工藝也得到了進一步改進，由原來的蒸煮、麴酵、壓榨，改而為蒸煮、麴酵、蒸餾，最大的突破就是對酒精的提純。

歷史上，有因酒誤國的商紂王，《史記·殷本紀》記載，商紂王"以酒為池，縣（懸）肉為林，使男女裸相逐其間，為長夜之飲"，是典型的以酒誤國的昏君，最終導致商代的滅亡。因此，周天子在商人的聚集地曾發佈嚴厲的禁酒令。

醴

"醴"《說文解字》說解為"酒一宿孰（熟）也"，醴是一種發酵度很低的甜水，是祭祀或食用的淡飲料。《漢書·楚元王傳》：
"穆生不嗜酒，元王每置酒，常為穆生設醴。"顏師古注："醴，
甘酒也。少麴多米，一宿而熟，不齊之。"意思是説，這種飲料
稍稍放一點酒麴，基本上還是原來米湯的味道，酒味極淡，連配
方都不需要。

• 糧食與主食

黍 稷 稻 麥 菽

　　"黍"的甲骨文作"🌾"或"🌾"，像散穗下垂的莊稼，旁
邊的水點表示這種莊稼可以釀酒。黍是原始農業時期的重要作
物，它生長期短、抗旱、耐寒，適應北方乾旱寒冷的特點，是
北方的主要糧食作物之一。黍在商代、西周人的心目中地位很
高，祭祀時一定要獻上黍子。但黍子的產量很低，隨着生產力
的提高，一些產量較高的農作物漸漸取代了黍。到春秋戰國時
期，黍子的種植量已經很少，而且被排斥在"五穀"之外。但是
祭祀時，人們仍然要獻上黍子，這是因為：黍子是最古老的作
物之一，貢黍表示人們不忘本的觀念；同時黍子的氣味很香，
古人認為馨香的氣味可以使鬼神聞到。《尚書·君陳》："黍稷
非馨，明德惟馨。"意思是説，黍稷並不馨香，只有光明的德行
才能香氣遠揚。這當然是統治者的説教；但從另一角度説明，
黍子確實有較濃的香氣。"香"的小篆字形"🌾"從黍從甘，也

説明黍子的香氣很濃厚，很典型。黍子有濃厚的香氣，所以古人常用黍子釀酒。這一點可從有的"黍"字甲骨文有"水"構件的字形中得到反映。

黍是黏性食物，又稱黏小米，因此"黏"字以"黍"為部首。作為食物，黍的口感很好。但是由於產量低，在商周時期，除了祭祀外，只能供貴族享用。春秋以後，黍子的地位降低了。《韓非子·外儲説左下》記載了這樣一個故事：魯哀公賜給孔子桃和黍。孔子先將黍子吃了再吃桃。左右的人見了都掩口而笑。魯哀公便對孔子説："那黍子不是讓你吃的，是用來擦拭桃毛的。"孔子回答説："我知道。但是黍是五穀之長，是祭祀時的高級祭品，而桃子在瓜果中為下品，祭祀時連作為祭品的資格都沒有。君子用低賤的東西擦拭高貴的東西，沒有聽説過用高貴的東西來擦拭低賤的東西。"可見，春秋末年，統治者和一般人都比較輕視黍子，只有像孔子那樣一心想恢復周禮的人，才看重黍子。而他的行為已不為當時人理解，被看作是十分可笑的事情。

"稷"在黃河流域隨處可見，被稱為五穀之長，後來被尊奉為穀神。《説文解字》古文字形作"𥞫"，左邊的構件表示意義類屬，右邊的構件像突出大頭的人形，整字構意就是穀神。中國歷史上有兩位穀神，都被稱作"稷"。一位是炎帝的兒子"柱"，一位是周始祖"棄"。傳説炎帝族最早開始從事農業生產，因此炎帝被稱為"神農氏"，"柱"作為神農氏的兒子，主要負責穀物種植，是當時的農官，被稱為"稷"。周始祖"棄"在兒童時代，就喜歡種植麻、豆等；成人後，喜歡農業生產。他根據土地的特點，種植適宜的穀物，老百姓都跟他學農業生產的方法。堯聽説後，推薦他做主管農業的官，使天下人得到農業生產的好處。人們稱他為"后稷"。兩位不同時代為農業生產作出巨大貢獻的人都被稱作"稷"，可見"稷"在穀物中的地位。

"稻"的甲骨文作""，像獲稻在臼中將舂之形，金文作""，像米禾在臼旁，從爪，表示手持之。稻子的籽實外殼堅硬，要舂去殼才能煮食。"稻"的古文字形形象地表明了稻米加工的過程。

"麥"的甲骨文作""，金文作""，像一株連根麥的全形：左右兩旁下垂的折線表示斜垂的葉子，上端為穎，下部為根，中間為莖。麥子是中國北方的主食，周代以為天所賜得。漢代以前，麥子的食用方法主要是用麥仁煮粥，漢代以後，改為將麥子磨粉後做成蒸餅等食用，所磨成的粉叫"麵"。

"尗"小篆字形作""，為象形字，其中的"一"表示土地，中間的豎線表示莖，上部一點為豆莢，下邊兩點為莖的根瘤。《說文解字注》說解為："豆也。象尗豆生之形也。"後來寫作"菽"。"豆"本來是器皿的名稱，由於"豆"和"尗"古音相通，常常借用"豆"來記錄"尗"，秦漢以後用"豆"成為常例。

150

食

甲骨文字形作""，像食物在器，上有蓋之形，本義是食物。以"食"為部首的字大都與食物有關。"食"還可稱為"飯"，中國人吃飯的歷史

非常早，《周書》記載"黃帝始蒸穀為飯"，可見，飯最初專指米飯，後來泛指各種飯食，因此《說文解字》把"飯"說解為"食也"。準確地說，飯主要指製熟後的主食。

糧　糒

"糧"字以"米"為部首，"米"字甲骨文作"฿"，像米粒瑣碎縱橫之狀。以"米"為部首的字大都與糧食有關。"糧"專指旅途中所帶的熟食。《周禮·廩人》："凡邦有會同師役之事，則治其糧與其食。"這裏"糧"與"食"相對而言，二者的區別是：糧主要指路上帶的乾糧，所謂"行道曰糧"；而"食"主要指一般意義上的食物。古代人們出遠門，要帶乾糧，所帶乾糧的多少，要根據路程、天數、人數等預先估算好，因此"糧"的聲符"量"兼有表義功能。文獻記載，孔子曾在陳"絕糧"，意思是他周遊列國的路途中帶的乾糧吃完了。古代行路的使者到了友好國家，一般都要接受這些國家的資助，資助的食物主要有肉乾和糒糧。"糒"專指炒熟的乾糧，《說文解字》把"糒"說解為"熬米麥也"，即乾炒的米麥，有顆粒狀的，也有炒完後磨成粉的。乾炒的米麥有一股香味，因此它的聲符"臭"兼有表義功能。《孟子·盡心下》："舜之飯糒茹草也，若將終身焉。"意思是舜在吃乾糧嚼野菜的時候，就像打算終身這麼過日子似的。

粥 糜

　　"粥"的小篆字形作""，從米從。""中間的"鬲"本義是古代炊具，兩旁的曲線表示蒸汽上騰之形。"粥"本義是稀飯，泛指糧食煮成的半流質的食物。《周書》記載"黃帝始烹穀為粥"，説明粥起源很早。作為一種簡單食物，粥為一般貧賤人家所食用，貴族階層居喪時以食粥為禮。《禮記》："親始死……三日不舉火，故鄰里為之糜粥以飲食之。"意思是父母去世時，孝子三日不生火做飯，鄰里熬點粥送過來給他們吃。臣民對於君上的去世，與孝子對待父母的禮節相同，即"君之喪，子、大夫、公子、眾士皆三日不食"。然而，春秋時期，禮崩樂壞，已有很多不守禮的現象存在。《禮記·檀弓》記載："悼公之喪，季昭子問於孟敬子曰：'為君何食？'敬子曰：'食粥，天下之達禮也。吾三臣者之不能居公室也，四方莫不聞矣。勉而為瘠，則吾能。毋乃使人疑夫不以情居瘠者乎哉？我則食食。'"意思是説，魯悼公去世，魯國居喪。季昭子到孟敬子那諮詢説："君上去世，我們這些臣子應該在居喪時吃甚麼呢？"孟敬子回答説："應該吃粥，這是天下的通禮。然而我們三家（即孟孫氏、叔孫氏、季孫氏）不能守公室之禮，早已與君上鬧翻了，這是天下無人不知的。如果讓我勉強行君臣之禮而在居喪期間吃粥，我也能做到。但是，這樣做恐怕會讓天下人都懷疑我們不是出自真心，而是假惺惺地行臣禮。與其招致這些閒話，不如我還是吃我平時的食物吧。"這個故事從反面説明了古人在居喪期間只能吃粥。由於粥具有稀軟的特點，比較好消化，因此比較適合胃弱的人食用。《戰國策》記載，趙太后年老體弱，觸龍拜見趙太后時首先問她："您每天飲食怎麼樣？"趙太后回答說："每天主要喝點粥。"

如果粥煮得時間太長了，其中的米已不成粒兒，而成糊狀，就叫作"糜"。《釋名》把"糜"說解為："煮米使糜爛也。"

餅

"餅"是我國古代麵食的總稱。《說文解字》把"餅"說解為："麵餈也。從食并聲。"《釋名·釋飲食》說解為："并也。溲麵使合并也。"宋黃朝英《緗素雜記·湯餅》："余謂凡以麵為食具者，皆謂之餅，故火燒而食者呼為燒餅，水瀹而食者呼為湯餅，籠蒸而食者呼為蒸餅。"其中"燒餅"是指直接用火燒烤的麵食，即今天所說的燒餅；"湯餅"指帶湯的麵食，包括今天的麵條、麵片、餃子、餛飩等。麵條又叫索餅，取其樣子如繩索狀。麵條因長而細，諧音"長壽"（瘦），成為歷來生日時的專用食品；"蒸餅"因避諱宋仁宗趙禎的名諱，在宋代改名"炊餅"。根據《辭源》"蒸餅即饅頭，亦曰籠餅"可知，炊餅就是饅頭。《水滸傳》中武大郎賣的炊餅就是饅頭。饅頭（或者說炊餅、蒸餅、籠餅）的特點是十分暄軟，《晉書·何曾傳》提到何曾"性奢豪……蒸餅上不坼作十字不食"，意思是如果饅頭不裂開十字花紋就不吃，也就是說他專吃今天所說的"開花饅頭"。南宋楊萬里的《食蒸餅作》詩也提到何曾的這個特點："何家籠餅須十字，蕭家炊餅須四破。"說明好的炊餅只要求暄軟而不要求美觀。

饅頭（或者說炊餅、蒸餅、籠餅）暄軟源於發酵。發酵在我國有十分悠久的歷史。《周禮・天官・醢人》說醢人負責掌管“四豆之實”，醢人裝在食器豆中的祭品就有一種叫作“酏食”的東西。“酏食”是甚麼呢？“酏”字從酉也聲，即今天所說的發麵引子，現在有的地方稱之為“麵肥”、“酵頭”。因此“酏食”即發麵饅頭。

• 烹飪方法

烹 飪

甲骨文有“”字，金文作“”，像宗廟之形，到小篆演變為“”或“”，楷定為“亯”，即今之“享”字。《說文解字》說解為：“獻也。從高省，曰象進孰物形。《孝經》曰：祭則鬼亯之。”本義是用食物來供奉鬼神，也就是“祭獻”。“亨”字加“火”，寫作“烹”，以後就專門承擔了“煮熟”這個意思，專用於烹飪。

“飪”的古文有“”形，從肉壬聲，本義是煮熟，引申為古代熟食的總名；進一步引申為食物生熟程度的標準。中國古代祭祀煮肉，在生熟程度上有腥、爓、糜、飪四種情況。腥是全生，爓是半生半熟，糜是過熟而爛，熟而不過稱作飪。用於祭祀時，四種情況都可以入祭，可在供人膳食時，生熟必須適度，也就是要合乎“飪”的標準。所以《論語・鄉黨》“失飪不食”，不僅是禮節問題，實際上也是飲食衛生的問題。肉不熟，一難消化，二不衛生；過熟，一不鮮美，二失營養。"失飪不食"，確實是中國飲食已經高度文明的一種表現。

庶

"庶"的甲骨文字形作"**凸**"，左邊的構件像石塊之形，右邊的構件像火之形，整個字形表示以火燒石。燒熱石頭用以烙烤食物是古代一種烹飪方法。人類最初的烹飪就是把食物直接放在火上、炭上、熱灰上和燒紅的石頭上來烤，"炙"字的形體反映的就是這種用火直接烤肉的烹飪方法。後來人們才逐漸學會用水煮熟食物，方法是：用編織的或木製的不漏水的器皿來盛水，然後把炙熱的石頭投入水中，以煮食物。至於在器皿下燃火煮食物的烹飪方法，是陶器發明以後的事。"庶"的甲骨文字形，反映的正是以火燒熱石頭用以烙烤食物的方法。這種方法在松花江下游的赫哲族那裏曾長期使用：用一個極大的木盆，內盛水，將肉放在其中，把燒紅的石塊浸入大盆水中，反覆數次，即水沸肉熟。

炙　炮　燔　熏

"炙"的小篆字形作"**炙**"，《說文解字》說解為："炙，炮肉也。從肉在火上。"字形構意是肉在火上烤，本義是燒烤，即把去毛的獸肉串起來在火上熏烤。這是一種古老的食物加工方法，應該是在人類懂得如何用火之後就已經發展起來的一種烹飪法，不管是先秦文獻記載中還是漢代畫像磚上都有很多關於炙的反映。在《齊民要術·炙法第八十》中記載了"炙"的很多具體做法："炙豚法"、"範炙"、"跳丸炙"、"搗炙"、"灌腸炙法"等等。有用整豬開腹去除五臟洗淨後用茅填滿腹腔而炙者；也有逼火偏炙一面隨炙隨割者，即邊烤邊吃；還有切成寸塊極速迴轉而炙者、灌腸而炙者、作餅而炙者等等十餘種做法。可炙之肉除了豬、牛、羊、鹿、鴨、鵝外，還有魚、蠣等水產。其做法大概相當於今天的烤肉。

炮，《說文解字》說解為"毛炙肉也。從火包聲"。《禮記·內則》注說："炮者，以塗燒之為名也。""塗燒"就是把沒有除去毛羽的燒烤對象用泥包裹起來，然後用火烤，烤熟後，將泥剝下時把毛帶下來。《射鵰英雄傳》中洪七公最愛吃的叫花雞就是用這種方法烤製的。

燔，也是古代的一種燒烤方法，它的特點是將成塊的肉平鋪於火上翻烤的炙法，不但烤熟，還要烤乾以保存。《詩經》鄭箋說："鮮者毛炮之，柔者炙之，乾者燔之。"炮者鮮，炙者柔，都不易保存，燔者烤乾易保存，正是反映了三種炙法的不同之處。

此外，還有一種烹飪方法叫"熏"，小篆字形作"爋"，《說文解字》說解為："火煙上出也。從中從黑。中黑，熏黑也。"即用煙氣長時間熏製食物的烹飪方法。市面上的"熏雞"、"熏兔"等都是用這種方法烹飪的。

炒 烙 煎 炸

"炒"是製作中國菜餚最常用的方法，就是在熱鍋裏翻來覆去地不斷攪拌，用火去掉糧食的水分，同時將它弄熟。"炒"可以用油作導熱體，如"炒菜"是將原料用旺火在較短時間內加熱成熟；還可以用沙子作導熱體，如"炒花生"；還有的不借助其他導熱體，直接乾炒。炒也寫作"煼"，陸游的《老學庵筆記》中寫道："故都李和煼栗，名聞四方。"其中"煼栗"就是現在的炒栗子。另外，古代"炒"和"吵架"的"吵"常常通用，因為古代"炒"經常用於對糧食的加工，炒糧食的時候，糧食在容器中攪動發出嘩啦嘩啦的響聲。

"烙"、"煎"、"炸"三種烹飪方法都不用水，而用油作導熱體。"烙"指用器物燙熨的意思，表示把麵食放在燒熱的鐺或鍋上加熱使熟，如"烙肉餅"、"烙大餅"；"煎"是把食物放在少量的熱油裏弄熟，如"煎魚"；"炸"作為烹飪方法，與煎的區別主要是"煎"時鍋裏的油比較少，而"炸"時鍋裏的油比較多，即把食物放在沸油中弄熟，如"炸餅"、"炸雞"。

煮 熬 涮 氽 蒸

"煮"的小篆字形作"![煮]"，兩旁的曲線表示水蒸氣，中間下邊的構件是古代的烹飪器具"鬲"，上邊的"者"構件表示讀音；

還有的字形突出鬲中有水，因此增加水構件作""，還有的字形突出其用火的特點作"煮"。從"煮"的這些古文字形體，我們可以將"煮"這種烹飪方式的特點概括如下：器皿中盛上水，把要烹飪的食物放在水裏，用火把水燒開，用沸水把食物弄熟，如"煮餃子"、"煮雞蛋"。

"熬"小篆字形也有兩個，即"熬"和"𪌌"，前一個以"火"為表義構件，突出要用火熬；後一個以"麥"為表義構件，指出被熬的是糧食。作為一種烹飪方法，是把食物加水後放在文火上長時間地煮，如"熬雞湯"、"熬粥"。

"涮"作為一種烹飪方法，是將易熟的原料切成薄片，放入沸水火鍋中，經極短時間加熱，撈出，蘸調味料食用的技法，在鹵湯鍋中涮的可直接食用，如"涮羊肉"、"涮火鍋"。

"汆"從入水，作為一種烹飪方法，是把食物放在開水裏稍微一煮，趁嫩盛出的一種方法，如"汆丸子"。

"蒸"是利用水蒸氣使食物變熱變熟的方法，如"蒸饅頭"、"清蒸魚"。

• 烹飪飲食器具

"鬲"的甲骨文字形作"🍳"或"🍳"，金文作"🍳"，小篆作"🍳"，像古代的三足炊具，與鼎的區別是下邊的三足中空，可以

鬲　　　　　　　甑　　　　　　　鼎

盛物。鬲是古代常用的炊具。《説文解字》中有"鬻"字，中間是
"鬲"，兩邊的曲線表示升騰的熱氣，整字表示用鬲做飯的樣子。
如"粥"的小篆字形作"鬻"，包含該構件，上邊的"米"表示鬲
中之物；"羹"的小篆字形作"鬻"，包含該構件，上邊的"羔"表
示鬲中之物，具有表意作用；"糊"字小篆字形作"鬻"，包含該構
件，上邊的"古"具有表音功能；"煮"的小篆字形作"鬻"，包含
該構件，上邊的"者"具有表音功能。

　　"甑"的形制可從"曾"的甲骨文字形得到説明。"曾"的甲
骨文作"曾"字，為"甑"字初文，像商周時期用於蒸飯的炊具，
特點是在中間加上箅子，使炊具分為上下兩層。《説文解字》籀
文作"鬻"，從鬻曾聲。

　　"鼎"甲骨文作"鼎"，金文作"鼎"，小篆作"鼎"，像有兩耳
的鼎形。這種器物往往用來烹煮魚肉和盛貯肉類，盛行於商周時
期。《説文解字》："鼎，三足兩耳，和五味之寶器也。"其實鼎
有三足圓鼎，也有四足方鼎。最早的鼎是陶質的，後來又有了用
青銅鑄造的銅鼎。傳説夏禹曾收九牧之金鑄九鼎於荊山之下，以
象徵九州，並在上面鏤刻魑魅魍魎的圖形，讓人們警惕，防止被
其傷害。自從有了禹鑄九鼎的傳説，鼎就從一般的炊器而發展為

傳國重器。國滅則鼎遷，夏朝滅，商朝興，九鼎遷於商都亳（bó）京；商朝滅，周朝興，九鼎又遷於周都鎬（hào）京。歷商至周，都把定都或建立王朝稱為"定鼎"。公元前 606 年，楚莊王伐陸渾之戎（今河南伊川一帶），周定王派大夫王孫滿去慰勞，楚莊王借機詢問周鼎的大小輕重。王孫滿說：政德清明，鼎小也重，國君無道，鼎大也輕。周王朝定鼎中原，權力天賜。鼎的輕重不當詢問。楚莊王問鼎，大有欲取周王朝天下而代之的意思，結果遭到定王使者王孫滿的嚴詞斥責。後來就把圖謀篡奪王位叫作"問鼎"。

鼎又是旌功記績的禮器。周代的國君或王公大臣在重大慶典或接受賞賜時都要鑄鼎，以記載盛況。這種禮俗至今仍然有一定影響。為慶賀聯合國成立五十華誕，中華人民共和國於 1995 年 10 月 21 日向聯合國贈送一尊青銅巨鼎 —— 世紀寶鼎。西藏和平解放五十週年慶典之際，中央政府向西藏自治區贈送"民族團結寶鼎"，矗立於拉薩人民會堂廣場，象徵民族團結和西藏各項事業鼎盛發展。此舉意義深遠，文化內涵豐厚。

"釜"的金文字形作"𥫲"，從缶父聲；小篆字形作"䰜"，從鬲甫聲，或作"釜"，從金父聲。本義也是炊具，圓底無足，置於灶上。盛行於漢代，有鐵質的，也有銅質的，還有陶質的。成語"釜底抽薪"、"破釜沉舟"都說明釜是比較常用的炊具。

簋　　　　　簠　　　　　俎

豆 簋 簠 俎

“豆”甲骨文作“𠥓”或“𠥓”，像高足食器之形，後一個字形上部的橫線表示蓋子。豆盛行於商周時代，一般是木刻而成，並塗以漆，也有銅製或陶製的，陶豆等多為單耳、無蓋，形制為斂口、弧腹、高圈足。《説文解字》“豆，古食肉器也”，即古時候用以盛肉的器皿。如《國語・吳語》：“在孤之側者，觴酒、豆肉、簞食。未嘗敢不分也。”其中的“豆肉”意思是放在食器豆中的肉。豆是古代筵席間必不可少的餐具，周代官制中設有醢人，專門負責豆中必備的各種食物，説明豆是當時每餐必備的食具。豆也是祭祀的禮器，常與俎連言，泛指祭祀。《論語・衛靈公》：“俎豆之事，則嘗聞之矣。”就是説祭祀的事情。

“簋”（guǐ）甲骨文作“𣪠”，金文作“𣪠”，左邊的構件像圓腹侈口圈足的器皿，右邊的構件像手拿長勺之形，整字構意是手拿長勺於器皿旁。“簋”的本義就是盛食物的器皿。《説文解字》古文作“𣪠”（從匚從飢）或“𣪠”（從匚軌聲）或“𣪠”（從木九聲），小篆作“簋”，《説文解字》説解為：“黍稷方器也。從竹從皿從皀。"但鄭玄為《周禮·地官·舍人》"凡祭祀,共簠簋,實之陳之"作注說:"方曰簠,圓曰簋,盛黍稷稻粱器。"也就是說簋應是圓形的。可見,簋主要用來盛黍稷稻粱,以竹、木或金屬製成,從出土文物看,簋大多有兩耳。這種食器戰國以後主要用作宗廟禮器。

"簠"(fǔ)字金文作"📦"或"📦",從匚古聲;《說文解字》古文作"📦",從匚夫聲;小篆作"📦",《說文解字》說解為:"黍稷圜器也,從竹從皿甫聲。"但是,根據出土文物和鄭玄注釋,簠是用來盛黍稷稻粱的方形食器,以竹、木或金屬製成。

"俎"字甲骨文作"📦",中間的構件為肉塊,外邊的構件為用來盛放牲體的俎;金文作"📦"或"📦",前一個字形像俎,後一個字形右邊加一個"刀"構件,提示刀俎之間的關係。小篆作"📦",《說文解字》說解為:"俎,禮俎也,從半肉在且上。"可見,俎是古代切肉的几案,也是祭祀或宴會時盛放牲體的禮器,放置生肉或者熟肉,木製漆飾,有四足,其形制近於"几"。在《韓非子·難言》中有記載"身執鼎俎為庖宰",就是說一個廚師一天到晚都要與俎器打交道。《左傳·隱公五年》:"鳥獸之肉不登於俎。"鳥獸之肉不能放置於俎上用於祭祀祖先。

盤 碗 箸

"盤"字金文作"📦",從皿般聲;籀文作"📦",從金般聲;小篆作"📦",從木般聲。"盤"的這些古文字形說明盤是一種盛物器皿，有用金屬製的，有用木製的。盤這種器皿的最大特點是非常淺，一般為圓形。

"碗"，盛食物的器具，出現時間早，並沿用至今，是古代較為普遍的一種進食器具。碗的稱謂經歷過多次變化，"皿"和"盂"都曾作為碗的指代詞；"皿"的含義比較廣泛，它是一類物件的統稱，後期主要作為一種後綴詞出現，如"器皿"；"盂"對它所代表器物的具體用途的指代比較強烈，在秦以前的使用範圍廣，既可作盛飯的器皿，也可作盛其他液體的器皿。秦以後就和碗大致相同了。碗的基本形狀變化不大，在最初的圓底基礎上不斷演變，但總體特點是底小口敞，結構比較簡單。隨着時代變遷，碗的材質變化較大，最初的陶碗做工雖不算精緻但也十分講究。到後代的瓷碗，做工嚴謹而規範，在尺度的把握、比例的協調以及裝飾的精美程度上都非陶碗所能比。

"箸"（zhù）小篆作"箸"，從竹者聲，就是古代的筷子，後來俗寫為"筯"，改從"助"音，後來演變為"筷"。明代陸容在《菽園雜記》中說："民間俗諱，各處有之，而吳中為甚。如舟行諱住、諱翻，以箸為快兒，幡布為抹布。"也就是說，南方的船家在船上忌諱"箸"音，因為"箸"與"住"同音，不祥，所以取其反意叫"快"，希望行舟如飛，一路順風，反映了人們的美好願望，忌諱語成了吉祥語。又因為當時大多數"筷子"是用竹子做成，加上竹子頭，便成了"筷"，諧音為"快"。

據文獻記載，筷子的歷史至少有三千多年。民間傳說筷子是四千年前大禹發明的。當年大禹在治理水患的過程中，三過家門而不入，多在野外進餐，有時時間緊迫，獸肉剛煮熟就急欲進食，但湯水滾燙無法下手，就用樹枝戳夾，久而久之，漸漸就出現了筷子。筷子最初是竹、木兼有，後來又出現了陶瓷、銅、鐵、金、銀、象牙製作的筷子。出土文物中，竹木筷較少，原因是細小的竹木筷較骨、玉和金屬筷更易腐爛。現存最早的筷子，出土於距今兩千多年前的春秋戰國時期的楚墓。該墓出土的一雙朱漆竹筷，現在收藏於湖北宜昌博物館內。

爵　壺　杯

遠古先民最初所用的飲酒之器是用牛角製成的，這可從最初的飲器用字以角為部首得到說明。如“觥”小篆作“觵”，《說文解字》說解為“兕牛角可以飲者也。從角黃聲。其狀觵觵，故謂之觵。觥，俗從光。”可見，觥是用犀牛角做成的飲器。同樣，“觶”字正篆作“觶”，《說文解字》說解為：“鄉飲酒角也。《禮》曰：‘一人洗，舉觶。’觶受四升。從角單聲。觝，觶或從辰。觗，禮經觶。”顯然，“觶”有多個異構形式，但異構字也都以角為部首。由於最初的飲器用牛角製成，“角”成為一些飲器用字的部首，後來非牛角飲器也往往以角為部首，如“觴”字籀文作“觴”，小篆作“觴”，《說文解字》說解為：“觶實曰觴，虛曰觶。觴，籀文觴從爵省。”“觚”小篆作“觚”，《說文解字》說解為：“鄉飲酒之爵也。一曰觴受三升者謂之觚。”根據出土文物，觚用青銅製成，喇叭形，細腰，高圈足，腹部和圈足上有棱。

“爵”字甲骨文作“爵”或“爵”或“爵”或“爵”，金文作“爵”，

觚　　　　　　　　　　　爵

像古代酒器爵之形，甲骨文字形上邊的箭頭像爵上的柱，左邊的開口像流，右邊的小圈表示耳。小篆作"爵"，《説文解字》説解為："禮器也。象爵（雀）之形，中有鬯酒，又持之也，所以飲。器象爵者，取其鳴節節足足也。"可見，爵是古代一種盛酒禮器，圓腹，前有傾酒的槽型的"流"，後有尾，旁有把手，口上有兩柱，下有三個尖高的足，很像一隻昂首翹尾的雀。爵也用為飲酒器，作用相當於現代的酒杯，流行於夏商時期，爵身、爵足一般都雕刻着精美的花紋圖案。有人説爵取象雀形，是因為雀能飛，不沉溺於飲酒，用以警戒人們飲酒要有節制，不能過量。

爵在周代體現禮制，《禮記‧禮器》："宗廟之祭，貴者獻以爵，賤者獻以散，尊者舉觶，卑者舉角。"鄭玄注："凡觴，一升曰爵，二升曰觚，三升曰觶，四升曰角，五升曰散。"禮器以小為貴，爵體現了尊貴的意思，所以也用在奴隸主的隨葬物或者宗廟的祭祀活動中。西周以後，爵逐漸消失。

"壺"甲骨文作"壺"或"壺"、"壺"，像古時用以盛酒或水的長頸、大腹、圓足的壺之形，上為其蓋，形狀類似葫蘆而附有圈足，頸旁並有兩耳。早期的壺，大多為陶製或者銅鐵製，體形較大。後來壺的體型逐漸變得精巧，壺腹也形式多樣。唐宋時期，壺的樣式較多，比如瓜棱壺、獸流壺、葫蘆式壺等等。宋代時用酒壺溫酒，將其放入專門用來燙酒的注碗裏，加熱水燙酒，壺與注碗形體保持一致，講究極多。

　　"杯"字籀文作"匜"，從匚不聲；小篆作"桮"，從木否聲；楷書還有"盃"字，從皿不聲。這些字的部首反映了杯是一種器皿，最初用木製成。清代朱駿聲《説文通訓定聲》："杯，古盛羹若注酒之器，通名為杯也。"由此可見，杯是古代盛羹及注酒之器，也作茶具。杯的體制多種多樣，有方有圓，有鳥獸形，有花果形，千姿百態。材質上既有最早的陶杯、銅杯，之後的瓷杯，也有講究的貝殼杯、象牙杯、瑪瑙杯等，還有富貴的金杯、銀杯。還有一種名為"軟金杯"的，是後唐莊宗以金黃色的橙子掏去內瓤作為酒杯。王羲之《蘭亭集序》描寫了"曲水流觴"的畫面，按修禊之習俗"流觴"飲酒，其中所用飲器便是杯的一種，是木胎的髹漆酒杯，橢圓形，淺杯身，兩側有耳形把柄，稱為"羽觴"或"耳杯"。盛了酒漿的耳杯隨曲折的溪水而下，停在誰面前，誰就一飲而盡。耳杯的出現更加豐富了杯的用途以及娛樂性，使飲酒文化也更加豐富。

• 山居野處

遠古時代，先民們主要在大自然的山野中居住，從和居住有關的字上，處處可以看到關於洪水的記憶。

昔　州

"昔"的甲骨文字形作"🌊"，上邊的構件為"日"，下邊的構件像波濤洶湧的洪水之形，整個字表示發洪水的日子。可見，可怕的洪水給人類留下了十分深刻的印象，以至於後來為"往昔"之"昔"造字時採用洪水意象來表示。"州"字甲骨文作"𛰫"或"𛰬"，像在寬闊的川流中有一塊土地之形，表示水中可供居住的高地，也就是小島。據史料記載，堯時華夏大地曾經歷過洪水時期，當時"湯湯洪水滔天，浩浩懷山襄陵"，華夏大地淹沒在洪水之中，只有高大的山峰能露出水面。因此，我們的先民只能選擇地勢高的山陵居住。

厂

　　先民為了躲避洪災，往往居住在高而上平的山陵州島之上，這在文獻中有很多記載。《淮南子·本經訓》說堯之時"四海溟涬，民皆上丘陵，赴樹木"，意思是說，先民為躲避洪水，到地勢高的山陵上居住。《墨子·辭過》："（古之民）未知為宮室時，就陵阜而居"，是説先民不會建造房屋時，只能以天然的山體為居所。《説文解字》對小篆"厂"的説解也能證明這一點："山石之崖岩，人可居。"不難理解，山陵中的天然洞穴是先民居所的最佳選擇。

巢　檜

　　先民為躲避洪水，除了居住在地勢高的山陵州島之上，還常常在樹上搭建像鳥巢一樣的居所。"巢"字西周金文字形作""，小篆字形作""，像樹上有鳥窩之形，本義就是鳥窩。巢居就是像鳥一樣居住在樹上，以躲避洪水。《孟子·滕文公下》："當堯之時，水逆行，泛濫於中國，蛇龍居之。民無所定，下者為巢，上者為營窟。"意思是說：堯遭遇洪水時，人們居無定所；地勢低的地方，人們在樹上搭建像鳥巢一樣的居所；地勢高的地方，人們利用洞穴為居所。《風俗通義·山澤》"丘"下"堯遭洪水，萬民皆山棲巢居，以避其害"，也説明遠古先民為躲避洪水，只能到地勢高的山陵或樹上居住。可見，巢居也是遠古先民居住的一種方式。

遠古還有一種居住方式叫“橧”（zēng），《禮記·禮運》：“夏則居橧巢。”把“橧”與“巢”並言，說明橧也是一種居住方式。根據古注，“橧”的意思是“聚薪柴居其上”，意思是把柴薪聚集在一起鋪好，人在上面休息。

• 半穴居

各 出 夏

人類逐漸由山地進入平原，開始仍沿穴居之俗而構建房屋。根據考古發現，我國原始社會中期的房屋建築主要有兩類：一類是半穴居式建築，一類是地面住房建築。西安半坡遺址，就是很典型的半穴居式建築，在殷墟發掘中曾發現許多豎穴，深深淺淺，方方圓圓，形狀各異，學者們認為此與遠古的穴居習俗有關。古代先民穴居特點在古文字形體中也有所表現。甲骨文“各”字作“𠬝”，像一隻腳向下降到坎穴之形，本義就是“來，到”，西周銘文“王各於成周大廟”中“各”就是這個意思。甲骨文“出”字作“𡳆”，像一隻腳向上走出坎穴之形，意思是“從裏面到外面”。甲骨文“复”字作“𡕥”，上邊的構件像有兩條道路可供出入的半穴居之形，下邊的構件像一隻腳，整字像從門道外出之形。這些字形都表現了古代先民穴居的特點。據考古學及人類學家研究，人類的歷史有幾百萬年之久，在此期間，人類幾乎都是在穴居中度過的，真正脫離穴居只有幾千年。

● 地上建屋

隨着時間的流逝，人類由半穴居發展到開始地面建房，這種變化可以從"宀"、"宋"、"門"、"向"、"窗"等字體現出來。

"宀"是由"⌂"字演變而來的表房屋的部首，正像遠古先民地上房屋建築的外部輪廓。依據半坡村仰韶遺址復原來看，當時是在圓形基址上建牆，牆上覆圓錐形房頂，它的整體輪廓正作"⌂"形。同樣，"宋"字的甲骨文形體作"⛪"，正像以木為樑柱而成地上居宅之形。

"宮"的甲骨文字形作"宮"，外邊的"⌂"像房屋的外部輪廓，中間的兩個"口"，表示前後不同的房屋，表現的正是這種"前堂後室"的佈局。《說文解字》把"宮"說解為"室也"，說明它的本義就是房屋，而不是專指宮殿。《詩經·豳風·七月》：

"上入執宮功。"意思是説，還要（為貴族）做修房的活，這裏的"宮"就是普通房子；《戰國策·蘇秦以連橫説秦》寫蘇秦得志歸來，"父母聞之，清宮除道，張樂設飲，郊迎三十里"。其中"清宮"就是打掃房子；《西門豹治鄴》"為治齋宮河上"，這裏只是在河邊臨時搭了個小屋子罷了，也絕不是甚麼宮殿。到了秦漢以後，"宮"逐漸為帝王專用，如"皇宮"。後來"宮"又引申為"羣眾娛樂活動的場所"，如"文化宮"。

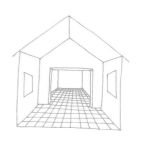

門 戶 塾 庭 堂 室

"前堂後室"的建築結構延續於後世，它由大門、塾、庭、堂、室等部分構成。"門"的甲骨文字形作""，像雙扇門之形；"戶"的甲骨文字形作""，像單扇門之形。"塾"是古代位於門內外兩側的房屋，後來指民間教書的地方。"庭"從广廷聲，本義是堂階前的院子。"堂"在中國傳統的家庭居舍中，佔據着特殊地位。從空間位置上看，堂在一個居住單元中佔據中心的位置，它位於主要建築物的中央，兩側有"廂"，後部有"室"、"房"，而且通常是坐落在高出地面的台基上，古人稱堯舜之居，"堂高三尺"。與這種空間位置相適應，堂一般並不作為寢居之用，而是家庭重要活動的場所，如舉行典禮、接見賓客、議決家事等。堂的這種特殊地位，也在"堂"的字形中有所反映。"堂"是形聲字，以"土"為部首，土為古代基本建築材料，可泛表各種建築物；"尚"作為聲符，還兼有表意作用。"尚"就是"上"，有"高出"、"超過"的意思，這與堂的高居於其他屋室之上的地位相符。同時，從建築的角度看，堂是家庭的象徵，因此，"堂"又可以引申表示一種同祖的親屬關係，意思是"同處一堂"。如同祖兄弟姐妹稱"堂兄弟"、"堂姐妹"，同祖叔伯稱"堂叔伯"等。這種稱謂正與古代中國傳統的父系親族聚居的習俗相聯繫。"室"，《説文解字》説解為"實也"，段玉裁注："古者前堂後室。"《釋名》："室，實也，人物實滿其中也。"從這些説解可以看出，古人房屋內部，前叫"堂"，堂後以牆隔開，後部中央叫"室"，室的東西兩側叫"房"。

"向"的甲骨文作""，其中""像房屋側視之形，"口"表示牆上開的一個窗。《詩經·豳風·七月》："穹窒熏鼠，塞向

墐戶。"毛傳："向，北出牖也。"則"向"的本義是朝北開的窗戶。從《詩經》所反映的上古先民的生活來看，辛勤勞動的農民到了冬天才從田野回到家裏，先是堵塞牆洞，把老鼠從家裏趕走，另外還要把朝北的窗戶堵塞起來，再在用樹枝編紮的門上塗上泥巴，以此抵禦寒風的襲擊。

　　"窗"字古文字形作"▨"，小篆字形作"▨"或"▨"，《說文解字》："在牆曰牖，在屋曰囪。象形。……窗，或從穴，▨，古文。"顯然，"窗"的小篆字形和古文字形取象於屋頂天窗之形。古人穴居時，要使室內透氣只能在穴頂開窗，這就是"窗"的最初義，即天窗。後來人們在平地建起房屋，同樣在屋頂開窗，這就是真正意義上的天窗了。

● 高台亭樓

高　京

　　"高"和"京"的甲骨文字形反映了建築在高台之上的亭樓之形。甲骨文"高"字作"▨"或"▨"，像在高台上建築的亭樓形；"京"字甲骨文作"▨"，與"高"的不同之處是，"高"字下面是

北京故宮太和殿

左右兩柱支立，“京”字於兩柱之間多加一柱，表明“京”是高大建築物，後來就用高大建築物的形象表示國都。甲骨文用亭樓形表示形容詞“高”和名詞“京”，說明亭樓類建築在商代已出現。

• 防禦性建築

“囗”讀作“wéi”，像四周環繞之形，表示一定區域，在古文字中常用來表示人們生活的疆域領土，因此要保護。“衛”的金文字形“”，“圍”的甲骨文字形“”和金文字形“”，中間的構件“囗”表示某一區域，四旁的足跡環繞着這個地方，表示守衛或包圍之意。同樣，“國”和“域”的甲骨文字形都作“”，由“戈”和“囗”兩個構件組成，“囗”也表示一定的區域，“戈”是武器，整個字形表示用武器守衛的疆域。後來，“國”字在外邊增加了一個“囗”構件作“國”，強調所守衛的邊界；“域”也增加了表義構件“土”，強調所守衛的疆土。

墉 城 郭
堞 陴 池

先民保衛自己疆域的常見方法是建築具有防禦功能的城牆，並在城牆上建築觀察敵情的瞭望樓。"墉"的金文字形作"

""，中間的構件"口"表示城牆，上下兩個構件表示城牆上用於瞭望的城樓，整個字像城牆上有守望樓之形，本義就是城牆。《說文解字》古文字形作""，中間的構件包括內外兩層，表示內城和外城，即"城"和"郭"。

"城"的金文字形""和籀文字形""，分別以""和""為表義構件，後重造以"土"為表義構件的"城"字，本義是都邑四周用作防禦的城垣。

"郭"的小篆字形""，也以""為表義構件，本義就是外城，即在城的外圍加的一道城牆。《木蘭詩》中"出郭相扶將"是說木蘭的父母相互攙扶着到外城（郭）之外去迎接木蘭。此外，"堵"的籀文字形""、"垣"的籀文字形""，都以""為表義構件，也說明""的造字取象是帶有守望樓的城牆。不難理解，古代修築城牆的目的在於防衛自守，這在古文獻及注釋中不乏例證。《墨子·七患》："城者，所以自守也"；《詩經·大雅·

瞻卬》：“哲夫成城，哲婦傾城”，鄭玄箋：“城猶國也。”孔穎達疏：“國之所在，必築城居之。”可見，我國自古以來，各諸侯國的邊境都築有城牆，境內的大小城邑也都有城牆，城牆上有城樓，城樓不僅可以用於瞭望，又可以用來存放兵器軍需，還可以用於將士的遮風避雨或暫避敵人的矢石。秦統一中國以後，把各諸侯國的城牆連接起來，號稱萬里長城。

城牆上除了修築守望樓，還要修築女牆。“堞”字的意義就是城上這種呈鋸齒狀的矮牆，小篆作“堞”，《說文解字》說解為：“城上女垣也。從土枼聲。”段玉裁注：“古之城以土，不若今之以專（磚）也。土之上間加以專（磚）牆，為之射孔，以伺非常……今字作堞。”與女牆有關的還有一個“陴”字，甲骨文作“陴”，籀文作“陴”，左邊的構件像有守望樓的城牆，右邊的構件像手持甲，甲和盾都是古代的防禦性武器。由此可知，遠古時代築城防守，敵人進攻時，守城將士在城上是手持盾牌進行抵禦的。後來在城上按一定間隔構築這種女牆，不僅可以保護自己，又可以騰出手來更好地使用武器。“陴”小篆作“陴”，《說文解字》說解為：“城上女牆俾倪也”，其中“俾倪”是城上女牆的另一種說法。

築城需要大量的土石，取土而形成的土坑同樣給來犯之敵增加很大的困難，將這些土坑加寬加深加陡，並環城連通且灌注大量的水，這就是護城河。表示護城河的文字很多，但部首主要包括從土（或阜）從水兩類，如“池”、“塹”、“壕”、“濠”、“湟”、“隍”。所謂“高城深池”、“金城湯池”都是說防禦設施（城牆和護城河）堅固無比。

壘　軍

　　攻城、野戰是古代戰爭兩種最主要的方式，以上所説的城池主要與其中的"攻城"形式相對應，是圍繞一定區域建造的永久性、封閉性、防禦性的建築。與另一種形式"野戰"相對應的防禦工事，主要是壁壘。壁壘是交戰前臨時在野外修築的防禦工事，其高度、厚度、完美程度都不及城牆，建造方式也不同。壁壘的建造方式可以從"壘"的小篆字形""得到大致體現，上邊的構件像石頭或土塊擆在一起，説明它的建造方式是累疊而不是版築。壁壘雖是臨時性的建築，但在野外開闊平坦的戰場上，卻能有效地阻止戰車的強大攻勢。當年諸葛亮率軍北伐，蜀軍多次挑戰，司馬懿"堅壘不應"，結果到諸葛亮死，蜀軍也未能再進一步。壁壘一般情況下是非封閉性的，往往依據有利地勢抵擋一面，後來也有封閉性的壁壘。與封閉性壁壘相似，古代戰爭中軍隊駐紮宿營時往往用戰車環繞作為屏障，"軍"的古字形""能反映這種特點：中間的構件為"車"，外邊的構件表示環繞之形，整字構意是戰車環繞排列作為軍隊臨時駐紮的營壘。"軍"的字形構意説明這種用戰車排列成營壘的方式在古代十分普遍。

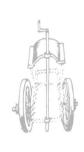

古代交通

• 水上交通

　　先民為躲避洪水居住在露出水面的山阜上，要彼此連通，只能依靠水路，因此離不開各種水上交通工具。

桴

　　"桴"最初作"泭"，小篆作"泭"，《說文解字》解釋為"編木以渡也。從水付聲"，意思是把若干根毛竹或原木平擺着編紮在一起，用作水上交通工具。後來寫作"桴"，孔子曾說："道不行，乘桴浮於海。"意思是說，如果自己的主張得不到推行，就坐木排到大海中自由漂流去。

俞

《說文解字》把"俞"字說解為"空中木為舟也"，即"刳木為舟"（意思是剖鑿木頭使空心，用以做舟）。從我國考古發掘來看，新石器遺址中，出土的多是獨木舟。例如：1975年，在福建省連江縣發掘出一隻樟木製成的獨木舟，長7.1米，據專家考證，該獨木舟距今已有六千年。

舟

"舟"的甲骨文字形有"𠂤"、"𠂤"等，西周金文字形有"𠂤"、"𠂤"等。從"舟"的古文字形體可以看出，當時木船的形制：方頭方尾，首尾上翹，並且加有橫梁。很明顯，這不是獨木舟的形狀，更酷似後代的舢板。所以，至遲在商代，木板船已經具備了成熟的形式。小篆"舟"字作"𠂤"，《說文解字》說解為："船也。古者共鼓、貨狄刳木為舟，剡木為楫，以濟不通。"由此可以得知，傳說中"舟"的發明者是共鼓和貨狄，最初的舟是把樹木的中間挖空製成的，船槳是用砍削的樹木製成的。

對於倚水而居的先民來說，舟在他們生活中十分重要，因此，"舟"成為他們創造新字的重要構字部件，《說文解字》中以"舟"為部首的字有十六個，以"舟"為非部首構字部件的字也有十幾個。如"前"字甲骨文作"🦶"，上邊的構件像一隻腳，下邊的構件像一隻小舟，整字表示乘舟前進；《說文解字》把小篆"前"字解釋為："不行而進謂之前，從止在舟上。"意思是人在船上，不用步行，卻能憑藉舟船在水中前進。本義為"就也"的"造"字，《說文解字》古文形式作"牌"，以"舟"為部首，說明"造"（即"靠近"）的方式可以是行走，也可以是乘舟。"履"的小篆字形作"履"，《說文解字》說解為："足所依也，從尸從彳從夂，舟像履形……𦜝，古文履從頁從足。"《說文解字》把"鞋"看作"履"的本義，用鞋的形狀與舟形相似的特點解釋"履"從舟的原因。其實"履"最初的意義是"踐行"，字形中的"舟"、"足"都與"踐行"義相關，是表義構件。因此，"履"的古文字形也說明"舟"是造字時期"行"的重要憑藉。

180

<h1 style="text-align:center">榷 梁 橋</h1>

先民在水中行進依靠的工具是船，在水比較淺的地方，露出水面的石頭，往往成為人們渡水的憑藉。這種情況在古文字形體中也有反映。甲骨文中有"石"字，中間是水，兩邊是石頭，整字像溪流中的一個個跳墩子，這些跳墩子就是人們渡水的憑藉，使兩岸變成"通途"。這種跳墩子也叫"石矼"。先民通過溪流的

憑藉還有橋樑。"榷"字本義就是獨本橋,《說文解字》把它說解為"水上橫木,所以渡者也",意思是說,榷是橫跨水流兩岸的獨木橋。它的特點是,兩頭堆聚石頭,上面架起一根橫木,可供行走。當溪流較寬,獨木不能連接兩岸時,就在溪流中間投入巨大的石墩,然後,每兩墩之間架以橫木,從而連接兩岸。《說文解字》中"梁"的古文形體"",形象地反映了這種橋樑的特點:左邊的構件像水形,右邊的部分由上下兩個"木"構件及中間的"一"組成,表示木與木相接,中間的"一",表示交接之處。此外,"橋"字,《說文解字》說解為"水梁也。從木喬聲","水梁"就是水上橋樑的意思,以"喬"為聲符的字大都有"高而曲"的意義,因此,命名為"橋",突出了它高出水面而又略呈弧形的特點。

• 陸路交通

道

"道"、"途"都以"辶"為部首。"辶"的甲骨文字形作""或"",像一隻腳在道路上行走,到小篆演變為"",楷書作"辵",簡化為"辶"。因此以"辶"為部首的字大都與道路或行走有關。可以想像,人類社會之初,大地上榛莽叢生,而生產力又十分低下,人類不可能去修築道路。因此,《釋名》說:"道,蹈也;路,露也。言人所踐蹈而露見也",說明最初的路是眾人踩踏出來的。而把"途"(寫作"塗")說解為"度也。人所由通度也”，説明“途”是從功能角度進行的命名。

　　人工修築道路起源很早，據説大禹曾“開九州，通九道”（《史記·夏本紀》）。商周時期，各諸侯國之間，以及各個諸侯國與商王朝之間的關係得到了前所未有的加強，其間的道路交通也就顯得尤為重要。春秋時期，單襄公奉周定王命令到宋國聘問，又從宋國經過陳國往楚國聘問，古代文獻記載其情況是：“遂假道於陳，以聘於楚。火朝覿矣，道茀不可行也，候不在疆，司空不視塗，澤不陂，川不梁，野有庾積，場功未畢，道無列樹，墾田若蓺。”（《國語·周語》）意思是：單襄公又借道陳國去訪問楚國。已是清晨能見到大火星的季節了，道路上雜草叢生無法通行，負責接待賓客的官員不在邊境迎候，司空不巡視道路，湖澤不築堤壩，河流不架橋樑，野外堆放着穀物，穀場還沒有修整，路旁沒有種植樹木，田裏的莊稼稀稀拉拉。單襄公見到這些情況後，歸報周定王説：“陳侯不有大咎，國必亡。”（《國語·周語》）他判定陳將亡國的重要徵兆之一，便是十月間道路上還長滿了草，道路兩旁也沒有護路的樹木。可見，交通與國運之間有密切聯繫。

　　“行”的甲骨文字形作“𧾷”，西周金文字形作“𧾷”，像四

通八達的道路，本義就是道路。以"行"為部首的字本義都是城邑中道路的專名，具有"行"字形體所體現的四通八達的特點，如："術"本義是城邑中的道路，引申為技藝、方法；"街"本義是"兩邊有建築物的大路"；"衢"本義是"縱橫交錯的四通八達的街道"。

"歧"字從"止"，"止"甲骨文作""，像腳形，以"止"為部首的字或與行走有關，或與道路有關。"歧"字聲符為"支"，以"支"為聲符的字，意義具有"分叉"的特點，如"枝"、"肢"都是從主幹上分出來的"叉"，因此"歧"字也是從大路上分出來的岔道。

"馗"（kuí）字從九首，《說文解字》說解為："九達道也。似龜背，故謂之馗。"當然，"九"並不是確數，是說道路縱橫交錯的樣子與龜背上的紋路相似。"馗"也可寫作"逵"。

蹊 徑 畛 阡 陌

山間田野的道路，主要是踩出來的，因此記錄相關語詞的字或者以"足"為部首，或者以"彳"、"辶"、"止"為部首。如"蹊"（或作"徯"）是貪走近路的人不按正道走而走出的邪道，所以只通行人而不能通車。"桃李不言，下自成蹊"的"蹊"意思就是摘桃李的人踩出的小道。同樣，"徑"（或作"逕"）以"彳"為部首，"彳"是取象四通八達道路的""的省略，因此以"彳"為部首的字往往也與道路或行走相關；"徑"的聲符"巠"金文字形作

"",像織布機上的經線,因此以"巠"為聲符的字意義都有細、直、長的特點,"徑"即專指貪走近路的人不按正道走而走出的小道,這些小道相對於繞遠的大路當然具有細、直的特點。

"畛"字從田,《説文解字》説解為"井田間陌也",意思是田間小路。《詩經·周頌·載芟》"千耦其耘,徂隰徂畛"描寫了西周的農業生產勞動場面,其中"畛"的意思是"田間道路"。"阡陌"也是田間小路,田間小路往往在土埂之上,比生長莊稼的田地要高出一些,因此以"阝"為部首。具體説來,南北方向的田間小路叫作"阡",東西方向的田間小路叫作"陌"。

• 行的方式

如前所述,"行"的甲骨文和西周金文字形像四通八達的道路,本義就是道路。由"道路"義引申為"在道路上行走"。因此,有些表示行走的字以"彳"為部首。

"征"字甲骨文作""。左邊的構件"彳"表示道路;右邊的構件"正"由取象腳形的"止"和表示目的地的"囗"構件組成;整字表示是向某個目標進發。本義就是"遠行",如"長征"。"往"的本義是"去,到"(某處),如"往來"、"往返"。"徐"的本義是"慢慢走",如"徐行"。"徒"的本義是"步行"。"徘徊"的本義是"在一個地方走來走去",引申為猶豫不決或事物在某個範圍內來回浮動、起伏,如"獨自徘徊"。

步　涉

　　步的甲骨文字形作""，西周金文字形作""，像徒步行走時左右兩腳一前一後的樣子，本義就是"行走，步行"，如"散步"、"步行街"。

　　在水中行走叫做"涉"。"涉"的甲骨文字形作""，金文字形作""，像兩足跡在水旁，有徒步過水之意。本義就是"徒步過水"，如"跋山涉水"。

走　跑

　　"走"的甲骨文字形作""，上邊的構件像一個人跑動時雙臂前後擺動的樣子，下邊的構件像一隻腳，表示該字意義與腳有關，本義就是"跑"。"走馬觀花"中"走"就是"跑"的意思。以"走"為部首的字也都與"跑"意義相關，如"趨"是小步快跑，"超"的本義是"躍上"，"越"的本義是"度過，跨過"，"趕"的本義是"追"，"赴"的本義是"前往"。

奔

　　"奔"字西周金文作""，上邊的構件與"走"的構件相同，下邊是三隻腳，突出跑得快的特點，本義就是"快跑，疾馳"，如"奔馳"、"狂奔"。

衣食住行

車 輅 輦

輚 軒 軿 輼

"車"的西周金文字形作""或"",像古代車輿之形,包括兩個車輪、一個車軸和一個車廂。根據形制和用途的不同,車可以分為很多種類。"輅"(lù)指天子及皇后乘坐的豪華富麗的大馬車。"輦"(niǎn)字金文作"",像二人拉車之形,本義就是人力車,後來專指皇帝或皇室所坐的車。"輚"(hàn)又叫棧車,與"棧"字同源,是士乘坐的車,它的特點是用竹木條編製而成,帶捲棚的棧車又被用來作為寢車。"軒"是供大夫以上貴族乘坐的車。《說文解字》將"軒"說解為"曲輈(zhōu)藩車",意思是這種車的特點是輈的形狀穹曲向上,三面有遮蔽。"軿"(píng)和"輼"都是有帷幕的車。前有遮蔽的叫做"軿",前後都有遮蔽的叫做"輼"。輼車車轅比較長,一直伸到車廂後邊,可供乘者上下車時登踏。戰國時期的孫臏就曾利用"輼車"具有遮蔽性的特點,有效地隱瞞自己指揮齊軍的實情,從而實現"圍魏救趙"的作戰計劃。

公元前 354 年,魏國軍隊圍趙國都城邯鄲,雙方戰守一年多,趙衰魏疲。這時,齊國應趙國的求救，派田忌為將，孫臏為軍師，率兵八萬救趙。從哪裏進攻呢？起初，田忌準備直趨邯鄲。孫臏認為，要解開紛亂的絲線，不能用手強拉硬扯，要排解別人打架，不能直接參與去打，派兵解圍，要避實就虛，擊中要害。他向田忌建議說，現在魏國精銳部隊都集中在趙國，內部空虛，我們如帶兵向魏國的都城大梁猛插進去，佔據它的交通要道，襲擊它空虛的地方，向魏國的國都大梁（今河南開封）進軍，魏軍將領龐涓必然放下趙國回師自救，齊軍可乘其疲憊，預先在其必經之路馬陵設下埋伏，如此必然大敗魏軍。田忌採納了孫臏的建議，並聽從孫臏的安排，讓孫臏坐在四周封閉的輜車中指揮戰鬥。結果魏軍大敗，趙國之圍遂解。孫臏用圍攻魏國的辦法來解救趙國的危困，這在中國歷史上是一個很有名的戰例，被後來的軍事家們列為三十六計中的重要一計。孫臏之所以坐在輜車中指揮戰鬥，就是利用輜車四周封閉的特點，把自己隱藏起來，這樣，對手龐涓就無從知道相關信息。

輼　輬

"輼"（wēn）和"輬"（liáng）都是臥車。輼車密閉，比較溫暖，與"溫"有同源關係；輬車旁邊開有窗戶，比較涼快，與"涼"有同源關係。後來因這兩種車專門用來載喪，合為一種車，稱為輼輬車。公元前 210 年，秦始皇外出巡遊，因病重死在半路上，屍體就是用輼輬車拉回京城咸陽的。丞相李斯擔心皇帝在外地去世的消息一旦傳出去，皇子們和各地的勢力會乘機製造變故，因此就暫時沒有發佈喪事消息，除了他和胡亥、趙高之外，並無他人知曉。當時是夏季，秦始皇的屍體很快腐敗變臭。為了掩人耳目，趙高以皇帝要吃魚為名，命令隨從官員往車裏裝了一石有腥臭氣的鮑魚，來遮掩屍體發出的腐臭氣味，而且每天還裝模作樣地到車外請安問候一次，好避人耳目。到咸陽後，胡亥繼位成了秦二世。

"轞"（jiàn）是囚車，與"檻"有同源關係，本來寫作"檻"，又稱"檻車"。"檻"指關牲畜野獸的柵欄，又特指囚車。後來造"轞"字作為檻車的專用字。

"轈"（cháo）又稱"轈車"，與"巢"有同源關係。《說文解字》說解為"兵高車加巢以望敵也"，意思是用來窺望敵情的偵察車。

"幢"（chōng），指古代一種衝城陷陣的戰車。

軘

"軘"是用來屯守的一種兵車,與"屯"有同源關係。

轎

"轎"字從車喬聲,本來寫作"橋","轎"與"橋"有同源關係。《正字通》:"轎與橋通,蓋今之肩輿,謂其中如橋也。"清俞正燮說:"轎者,橋也。狀如橋中空離地也。"今人張舜徽說:"轎之為言橋也,謂高負在人之肩,如橋之高出水也。故俗稱肩輿。"意思是說,"轎"與"橋"有共同的特點:懸空離地。"轎"稱"肩輿",是因為它的特點跟輿(即車廂)非常相近,但是沒有車輪,因此要由多人用肩扛着行走。

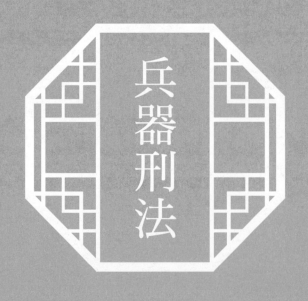

兵器刑法

古代刑法　古代兵器

◇　　◇　　◇　　◇

　　有人類就有戰爭。聰明的人類最初利用天然的木棒和石塊作為輔助爭戰的工具。隨着社會的發展，人類逐漸發明了各種各樣的兵器。本章以古文字和兵器種類為線索，對原始時代兵器、短兵器、長兵器、拋射兵器和防禦性兵器一一進行了介紹。刑法是維護國家統治秩序的重要手段，因此國家產生，就伴隨着刑法的產生。本章從"法"和"刑"的古文字形體入手，深入分析了其文化內涵，並通過分析古文字形體對中國古代刑具和各種刑法手段進行了概括勾勒。

古代兵器

• 原始時代兵器

干

　　愛因斯坦説過:"我不清楚第三次世界大戰將用甚麼武器相互廝殺,但是第四次世界大戰將會使用棍棒和石塊。"意思是説武器將給人類帶來毀滅性的災難,因此,人類將從原始社會重新開始,戰爭所使用的武器也將從棍棒和石塊開始。

　　棍棒作為武器,在古文字形體中有生動的反映。"干"字甲骨文作"Ψ",金文作"Ψ",像有丫杈的木棒,並分別在其主幹部分用短橫線和圓點指出木棒的主體部分。"干"的本義就是"樹木的主體或重要部分",即木棒。木棒是古人狩獵和戰爭的重要武器,這一點可以從包含棍棒形構件的古文字形體中得到反映。如"狩"字甲骨文作"Ψ",是有丫杈的木棒與獵犬的組合,説明木棒是重要的狩獵工具;"支"的甲骨文作"Ψ",像手拿棍棒之形；而"攻"、"救"、"政"、"更"等字的古文字形體包含"攴"構件，這些字中的"攴"構件都像手拿棍棒之形，只是有的棍棒帶丫杈，有的不帶丫杈。這説明棍棒是重要的進攻性武器。而"捍"的異體字"扞"的金文作""，左邊的"干"構件金文作""，説明木棒也是重要的防禦性武器。因此，"干"不僅可以用來表示樹木的主幹，也可以用來表示一種武器的名稱。如"干戈"、"干戚"等詞語中的"干"就是指盾牌類防禦性武器。

• 短兵器

斤 斧

　　我國古代的兵器有長短之分。短兵器主要包括斧、刀、劍、匕首等。斧是一種短柄砍斫武器。"斧"字從斤父聲，義符"斤"甲骨文作""，像曲柄斧之形，左邊的尖頭是斧刃的側面圖，右邊的曲線表示曲柄。曲柄斧是古代一種砍斫工具。斧、斤都是古代常用的砍斫工具，《孟子·梁惠王上》"斧斤以時入山林"，説明斧斤常用來伐木。後來斧子逐漸演變為軍事上的兵器，如月牙斧、鳳頭斧等。作為武器通稱的"兵"，甲骨文作""，像兩手持曲柄斧形，說明"斤"（曲柄斧）不僅是砍物工具，也是重要的兵器。漢字體系中，以"斤"為部首的字大多與斧子有關，除了"斧"字外，如"斪"的本義是"方孔的斧子"，"斬"、"斫"、"斵"、"斷"、"斯"的本義都是與斧子相關的動詞。

鉞　戌　戚　歲　我

與斧子類似的兵器還有"鉞"（yuè）、"戌"（xū）、"戚"、"歲"、"我"等。

"鉞"字最初寫作"戉"，金文字形作"🔺"或"🔺"，像刃部呈弧形的長柄大斧。鉞是中國先秦時代武器，為一長柄斧頭，重量較斧更大。早在新石器時代良渚文化遺址中，已發現玉製的鉞。鉞在當時具有神聖的象徵作用。"戌"字商代金文作"🔺"，與"戉"不同的是刃部呈內弧形。

"戌"字甲骨文作"🔺"，金文作"🔺"，像一種刃部平直的長柄大斧。

"戚"字金文作"🔺"，本義是一種兩側有齒牙的長柄大斧。《山海經·海外西經》中記載了這樣一個故事："刑天與帝爭神，帝斷其首，葬之常羊之山。乃以乳為目，以臍為口，操干戚以舞。"其中"干"是盾牌，"戚"就是這種大斧。這段話的意思是，刑天與黃帝爭奪最高統治地位，結果被黃帝砍斷了頭，被葬在常羊山麓。刑天雖斷了頭，卻仍不泯志。他以乳頭為目，以肚臍為口，操盾牌、大斧繼續揮舞，與黃帝再決雌雄。

"歲"字甲骨文作""，金文作""或""，像刃部兩端的尖角向上捲曲環抱的斧鉞之形，字形中間的兩個點，表示環抱所形成的兩個孔。

　　"我"字甲骨文作""，西周金文作""，像一種刃部有齒的斧鉞形武器。這種武器盛行於商至戰國時期，是一種短兵器，裝上長柄後才能用於戰場上砍殺。

　　斧鉞類武器因形制沉重，靈活不足，最終退為儀仗用途，也作為權力的象徵。春秋戰國時期，君王授予將帥征伐權力時，往往用賜予斧鉞的形式表示授予軍事權力。《淮南子·兵略訓》："主親操鉞，持頭，授將軍其柄，曰：'從此上至天者，將軍制之。'復操斧，持頭，授將軍其柄，曰：'從此下至淵者，將軍制之。'"這段話非常具體地說明了君主授予將軍軍事權力時的儀式——把象徵最高軍事權力的斧鉞交給將軍。

刀　劍

　　"刀"的甲骨文作""，金文作""，小篆作""，像一把彎刀之形。刀是一種單面長刃

的短兵器。無論是作為生產工具，還是作為兵器，刀都是基本成員，所以，以刀為義符構成的字特別多。

　　原始社會，先民用石頭、蚌殼、獸骨打製成各種形狀的刀。商代開始出現青銅刀，最初的青銅刀較小，刀形較寬，刃端多向

上翹，形如石刀，説明青銅刀由石刀發展而來。青銅刀主要用來砍削器物，宰牛羊，或防身自衛，還未正式用於戰爭。西周時期，出現了青銅大刀，柄短刀長，有厚實的刀脊和鋒利的刀刃，刀柄首端呈扁圓環形，所以又叫“環柄刀”。北京昌平區白浮村西周木槨墓中出土兩把青銅刀，一把刀身長 41 厘米，刀背微弓，另一把長 24 厘米，類似冰刀形。那時的青銅刀質地較脆，缺少韌性，劈砍時容易折斷。秦漢時期，鋼鐵問世以後，刀的製作工藝得到改善，首先是刀身加長，而且已有專門的戰刀和佩刀之分。佩刀講究式樣別緻，鑲飾美觀；戰刀則注重質地堅韌，做工精良。在諸國戰爭中，兵車已漸漸退出戰場，取而代之的是騎兵隊成為作戰主力。因此單純的刺兵器不足以發揮效力，擅長劈砍揮殺的鋼刀的製作質量要求越來越高。據史書記載，三國時劉備令工匠造刀五千把；孫權則命造刀一千把；司馬炎也曾一次遣人造刀八千把。這些刀是用來裝備軍隊的，那時刀已成為主要兵器之一。最通用的刀要算“環首刀”，這種刀直背直刃，刀背較厚，刀柄呈扁圓環狀，長度一米左右，便於在騎戰中抽殺劈砍，是一種實戰性較強的短兵器。在戰場上的廝殺格鬥中，許多將領往往長矛短刀並用，遠刺近劈，威力無比。西漢時大將李廣之子李敢“左持長槊，右執短刀，躍馬陷戰”。《三國演義》中南蠻首領孟獲的妻子祝融夫人善使飛刀，百發百中。她曾手提丈八長標，背插五口飛刀，重傷張嶷（nì），活捉馬忠。

　　鋼刀不僅用於戰場上，在官場上同樣地位尊貴。漢朝時，自天子至百官無不佩刀。佩刀表示達官貴族的身份等級。東漢時，對天子百官的佩刀形制及裝飾都有極嚴格的明文規定，誰也不准許逾越。這種佩帶用刀，從外形上要求精緻美觀，刀身通體雕錯花紋，刀環鑄成各種形態的鳥獸圖案。例如東漢中山穆王劉暢生前的佩刀，全長 105 厘米，刀身飾有線條流暢的錯金渦紋和流雲圖案。兩漢三國時，諸國君臣莫不看重佩刀，有的幾近嗜好，不惜花費重金，延請名師，耗用幾年甚至十幾年功夫，煉製寶刀。隋唐時採用更為先進的"灌鋼法"代替了百煉法，煉出的刀更加堅韌鋒利。唐朝的刀有儀刀、障刀、橫刀、陌刀四種。儀刀是皇朝禁衛軍使用的武器；障刀是一般官吏佩帶用刀；橫刀是專門裝備軍隊的戰刀。唐代製刀不僅注意保持漢民族傳統的製作技藝，而且隨着各國及各民族之間經濟文化的廣泛交流，還吸收了不少外來的製刀技藝，促使戰刀的製作更趨於實用。明朝軍隊使用最多的是"腰刀"。腰刀的刀體狹長，刀身彎曲，刃部延長，吸收了倭刀的長處，使劈砍殺傷的威力增大。明朝著名將領戚繼光非常重視腰刀的製作，在其軍事著作《練兵實紀》中對腰刀製作方法有着詳細的研究與記載。清朝，刀的種類更為繁雜，有腰刀、滾背雙刀、脾刀、雙手帶刀、背刀、窩刀、鴛鴦刀、船尾刀、割刀、繚風刀等等。

　　"劍"字籀文作"劍"，從刀僉聲，小篆作"劍"，從刃僉聲。《說文解字》說
解為"人所帶兵也"，本義就是一種古代兵器。這種兵器的特點是兩面有刃，前端尖，中間有脊，安有短柄，屬於"短兵"，素有"百兵之君"的美稱。現在作為擊劍運動用的劍，劍身為細長的鋼條，頂端為一小圓球，無刃。

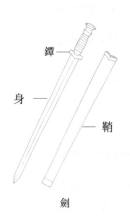

鐔 —

身 —

— 鞘

劍

傳説劍創始自軒轅黃帝時代，根據《黃帝本紀》"帝採首山之銅鑄劍，以天文古字銘之"；又據《管子‧地數》"而葛天盧之山發而出水，金從之，蚩尤受而制之，以為劍鎧矛戟"。由此可見，劍的歷史極為古遠，故後人稱之為"短兵之祖"。從商代開始有製劍的史料記載，最初的劍為銅質，呈柳葉形或鋭三角形。《周禮‧考工記》詳細敍述了製劍之法。漢代以後銅劍漸被鋼鐵劍替代，並趨於定型，即劍身中有脊，兩側有刃，前有劍尖，中有劍首，後有莖，莖端設環處稱鐔（xín），此外尚有劍鞘、劍穗等附屬飾物。東漢以後，劍逐漸退出了戰爭舞台，為儀仗佩帶或習武強身自衛之用。隋唐時期，佩劍盛行，根據《隋書‧禮儀志》記載，隋朝時佩劍有相當嚴格的禮儀規定；唐代文人墨客把劍看作能夠表現其尚武英姿或抒發凌雲壯志的飾物。後來，劍與道教結下不解之緣，成了道士們手中的法器之一。

1976 年湖南長沙楊家山出土的鋼劍，鑄造於公元前六世紀，是目前發現的最早的鋼劍

關於寶劍，有一個流傳很廣的"干將莫邪劍"的故事。楚國干將、莫邪夫婦二人，給楚王鑄劍，三年才鑄成。楚王很生氣，想殺他。劍有雌雄二柄。當時妻子莫邪懷孕快生產了，丈夫對她説："我給楚王鑄劍，三年才成功。楚王發怒了，我去一定被殺掉。你生下的孩子如果是男的，長大後，告訴他：'出房看南山，松樹長在石上，劍在它的背面。'"於是干將拿着雌劍去見楚王。楚王

非常生氣，叫人去仔細查看。驗劍人説：“劍有兩把，一把雌一把雄，雌劍帶來了，雄劍沒有帶來。”楚王發怒了，把干將給殺了。

　　莫邪生下的兒子叫赤。後來赤長大了，問他母親：“我父親在哪裏？”母親説：“你父親給楚王鑄劍，三年才成功。楚王發怒，把他殺了。他走時囑咐我告訴你：‘出房看南山，松樹長在石上，劍在它的背面。’”於是兒子出房，往南看沒有山，只見堂前松柱下有一磨劍石，就用斧頭砸開它的背後，得到雄劍，整天都想找楚王報仇。

　　楚王夢見一個男子，眉間廣闊，約一尺寬，説要報仇。楚王懸千金重賞捉拿。赤聽説了這件事，便逃走，跑進山裏悲歌。碰到一位俠客，説：“你年紀輕輕的，怎麼哭得這樣傷心？”赤説：“我是干將、莫邪的兒子。楚王殺了我的父親，我想報仇！”俠客説：“聽説楚王以千金重賞購買你的腦袋，請把你的腦袋和劍都交給我，我為你報仇。”赤説：“太好了！”於是自殺，雙手捧着腦袋和劍，屍體卻僵立不倒。俠客説：“我決不會辜負你！”這樣，屍體才倒下。

　　俠客提着赤的腦袋去見楚王。楚王很高興。俠客説：“這是勇士的頭，應當用大湯鍋煮。”楚王照着他的話做了。三天三夜也煮不爛，頭還跳出湯鍋，瞪着眼睛充滿憤怒。俠客説：“這小孩的頭煮不爛，請大王親自到鍋邊看看，就一定能煮爛。”楚王立刻走近去看，俠客用劍砍了一下楚王，楚王的腦袋就掉進湯里；俠客也砍掉自己的頭，頭也掉進湯裏。三個腦袋都煮爛了，沒法分辨。於是把肉湯分成三份埋葬了，統統稱為“三王墓”。如今這墓在河南省汝南縣西南。

戈 矛 戟 殳

"戈"字商金文作"🔨",甲骨文作"🔨",像古代兵器戈之形,中間長豎表示戈柄,上部左邊是戈頭,右邊是戈頭上的裝飾物,下端表示戈柄的鐏,上端的短橫表示枝杈,古人選取戈柄時有意保留一段枝杈,以防止戈頭脫落。戈作為啄勾兵器,是古代戰爭中一種主要的進攻性兵器。這不僅可以從用"戈"組成的"干戈"、"倒戈"等雙音詞得到體現,也可以從用"戈"為構件組成的合體字得到體現。如"戎"最早字形作"🔨",像人一手拿戈一手拿盾之形,後中間的人形構件省略,金文作"🔨",進一步簡化為"戎",本義為"兵器,武器";"戒"字甲骨文"🔨"和金文"🔨"均像雙手持戈之形,本義是"防備,戒備";"伐"的甲骨文作"🔨",像以戈斬首之形,本義是"砍殺";"殺"甲骨文作"🔨"或"🔨",像以戈斷人首之形,本義就是"殺死";"殲"字甲骨文"🔨",像戈擊二人之形,本義是"盡滅";"何"的甲骨文作"🔨",像人荷戈之形,本義是"擔,挑"。武器不止一種,可以用肩扛的東西也很多,可是這些字都選擇"戈"為構件,說明造字時期戈十分常用。此外,"戰"、"戡"、"戢"、"截"、"戳"、"戲"、"或"等字也以"戈"為部首。這也體現了戈在當時的重要性。

戈

矛

矛是古代用來直刺的進攻性武器，長柄，有刃。"矛"字金文作""，像沒有安柄的直刺兵器矛頭之形，右側的圈，表示設在矛頭側面的環孔——將矛頭緊綁於矛柄時用來穿繩子。

如果在戈的頂端安上矛頭，就成為既可以直刺，又可以橫擊的戟。最初的戟就是將戈和矛頭安裝在一起。後來才出現將橫刃豎刃鑄在一起的戟。

殳是用以撲擊的無刃兵器。"殳"的甲骨文作""，像手持殳之形。從字形看，殳這種兵器的特點是頂端粗大；從出土文物看，秦代的殳有的長達 3 米以上。殳在遠古時期廣泛用來裝備部隊，後來將殳頭改造成有棱無刃的金屬頭，殺傷力更大了。《詩經·衛風·伯兮》"伯也執殳，為王先驅"，詩中伯所持的武器正是殳，說明殳在當時軍隊中廣泛使用。另外，"殳"作為部首，構字能力比較強，也說明殳比較常用，如"毆"、"段"、"殿"、"毀"、"殷"、"毅"的本義都與"擊打"有或遠或近的聯繫。

戟

• 拋射兵器

弓 矢 箙 彈

"弓"字甲骨文作""，金文作""，像弓張弦形，小篆字形演變為""。本義是用來射箭或打彈的器械。弓很早就用於戰

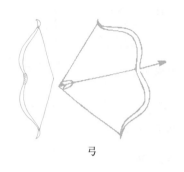

爭，《尚書》、《詩經》、《左傳》都有相關記載。弓主要用來射箭，如"射"字甲骨文作"𰀁"，像箭在弦上之形，金文"𰀂"又增加了手形構件，表示用手拉弓射箭。

弓

所射之箭又稱"矢"，"矢"的甲骨文作"𰀃"，金文作"𰀄"，上像箭頭，中間是箭竿，下端是箭在飛行過程中起平衡作用的箭尾。箭的作用主要是殺傷敵人，而箭的威力主要通過箭頭來實現。《左傳》記載，齊國將領子淵捷與魯國將領聲子相遇，子淵捷拉弓射箭，箭飛過車轅，聲子趕緊用盾牌一擋，箭射入盾脊中整整有三寸，可見子淵捷之神力。聲子不甘示弱，放下盾牌，也拉弓射箭，射人先射馬，他瞄準子淵捷戰車上的馬匹，一箭飛出，穿透勒在馬脖子上的皮帶，馬匹當即倒斃。如果箭頭沒有了，箭的殺傷力就會大大減弱。《孟子·離婁下》講述了這樣一個故事：子濯孺子和庾公之斯同是射箭高手，卻各為其主。不巧的是，戰場上子濯孺子突然發病，他說："今天我的病發作了，不能拿弓，我是必死無疑了。"他問駕車人："追我的人是誰？"駕車人說："是庾公之斯。"子濯孺子說："我能活了！"駕車的說："庾公之斯是衛國善於射箭的人；您（反而）說'我能活了'，這是為甚麼呢？"子濯孺子說："庾公之斯是跟尹公之他學的射箭，尹公之他是跟我學的射箭。尹公之他是正派人，他看中的朋友一定也是正派的。"庾公之斯追到跟前，說："先生為甚麼不拿弓？"子濯孺子說："今天我的病發作了，無法拿弓。"庾公之斯說："我向尹公之他學射箭，尹公之他是向您學的射箭，

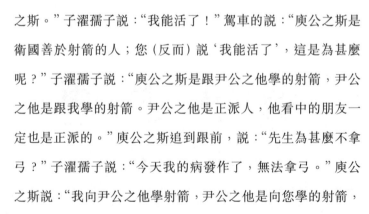

我不忍心用您傳授的技術反過來傷害您。雖然這麼說，可是今天這事，是國君交付的事，我不敢不辦。"說完便抽出箭來，在車輪上敲掉箭頭，向子濯孺子射了四箭之後返身回去了。

箙

為了保護好箭，有專門盛箭的箙。"箙"甲骨文作""，金文作""或""，都像矢在箭袋中之形，本義就是箭袋。表示盛箭之器還有"函"字，甲骨文作""，金文作""，取象裝有箭矢的箭袋，本義就是裝矢之器，泛指匣子。

弓不僅可以用來發射箭，也可以發射彈丸。這可從古文字形體上得到證明，"彈"（讀作"dàn"）字甲骨文作""，像彈丸在弓弦上之形，小篆字形作""，左邊的構件是"弓"，右邊是"丸"，會意字，本義就是彈丸。也可從文獻中找到例證。漢劉向《說苑·善說》："彈之狀如弓，而以竹為弦"，說明彈是利用竹片的彈力發射彈丸的兵器。《左傳》記載："晉靈公不君……從台上彈人，而觀其辟丸也。"意思是晉靈公不行國君正道。他還從台上用彈弓射人，觀看人們躲避彈丸來取樂。

後來，我們的祖先又發明了一種利用機械力量將箭射出的古代弓箭，這種弓箭叫作"弩"。

炮

"炮"也是一種拋射兵器，它最初是將石頭拋出砸向敵人，即是一種飛石車，又叫"拋車"、"拋石車"、"拋石機"等。後來

兵器刑去

為它造了專用字"軕"，顯然，"軕"字"從車從拋省，拋亦聲"。後又為"軕"重造了形聲結構的異體字"砲"。直至現在，象棋中"炮"有的也寫作"砲"。火藥發明後，砲發射出去的不再是石頭，而是更有殺傷力的炸彈，於是借用"炮烙"的"炮"字記錄該詞。

● 防禦性兵器

盾 干 冑

"盾"的小篆字形作"盾"，《說文解字》說解為："瞂也。所以扞身蔽目。象形。"意思是，盾是古代打仗時防護身體，擋住敵人刀箭等的牌。金文中有""（毌字），形象描繪了古時候盾牌的樣子。古代將士在作戰時，通常左手持盾以掩蔽身體，防衛敵人刀矢石的殺傷，右手持刀或其他兵器擊殺敵人，二者配合使用。古人稱盾為"干"，與戈同為古代戰爭用具，故有"干戈相見"等詞。傳說我國最早的盾，遠在黃帝時代就有了。《山海經》中有關於"刑天"這位英雄人物的神話，描寫他一手操干，一手持斧揮舞不停的雄姿，其中"干"就是盾。成語"自相矛盾"語出《韓非子·難一》，是說楚國有個賣盾和矛的人，稱讚他的盾說："我這盾非常堅固，沒有東西能刺穿它。"又稱讚他的矛說："我這矛非常鋒利，沒有它刺不穿的東西。"有人說："用你的矛去刺你的盾，會怎麼樣？"這個賣東西的人不能夠回應了。

顯然，如果戰鬥者一手持盾防禦，一手持兵器進攻，在亂軍中很難有所作為，因此，有人認為盾牌最初可能主要用於遮擋遠距離射來的箭。為了適應短兵相接的戰鬥，先民發明了戴在頭上的"冑"。

"冑"金文作"𤯍"或"𤯍"，上邊的構件像頭盔，下邊的構件用眼睛代表人頭，整字像人戴頭盔之形。"冑"的本義就是作戰時戴的頭盔。"冑"不僅遮掩保護頭的頂部和後部，也遮擋保護面部，因此戴上冑之後，別人就看不清他的臉了。《左傳·哀公十年》記載葉公子高平定楚國白公之亂時："（葉公子高）及北門，或遇之，曰：'君胡為不冑？國人望君，若望慈父母焉。盜賊之矢若傷君，是絕民望也，若之何不冑？'乃冑而進。又遇一人，曰：'君胡冑？國人望君，如望歲焉，日日以幾。若見君面，是得艾也。民知不死，其亦夫有奮心，猶將旌君以徇於國，而又掩面，以絕民望，不亦甚乎？'乃免冑而進。"開始有人建議葉公子高戴上頭盔，理由是如果盜賊之箭矢傷害他，將使國人傷心失望，於是他戴上頭盔；後來又有人建議他不戴頭盔，理由是要讓國人能看見他的臉，知道他活着，這樣心裏踏實，更有鬥志。於是葉公子高又摘下頭盔。可見，戴冑是為防矢，但也會把人的臉遮蓋。

按周禮，頭上戴冑時，見到尊長就要摘掉，《左傳·僖公三十三年》載秦軍經過周北門，為表示對周的尊敬，"左右免冑而下"。兩國交戰時，一方的臣遇見對方的國君要行君臣之禮，《左傳·成公十六年》記載晉楚鄢陵之戰時，晉郤至在戰鬥中每次遇見楚王都下車免冑，此事傳為佳話。

介 甲

"介"字甲骨文作"𠆢",金文作"𠆢",像人穿戴鎧甲之形。本義就是鎧甲。《史記·平津侯主父列傳》"介冑生蟣蝨,民無所告愬",其中"介冑"指的就是鎧甲和頭盔。古代戰爭中,不僅人要穿上鎧甲,馬也要披上戰甲。《左傳》記載,成公二年,齊晉在鞌地展開大戰,當時兵力佔優勢的齊侯非常輕敵,竟然"不介馬而馳之",意思是不給馬披上戰甲就驅馬進攻,結果大敗。"介馬"包括給馬戴上面罩,在前胸掛上護甲,把馬尾捆束起來裝在套子裏。保護馬尾的套子,也叫作"馬尾韜"。其中前胸上的護甲主要將馬的胸腹包住,後來就稱沒有袖筒的夾襖為"馬甲"。馬甲的樣子與背心相同,只是要比背心厚實,大都有裏有面。

"甲"字甲骨文作"十"或"田",像鱗甲之形。本義就是鱗甲,如"甲骨";引申為"鎧甲",如"甲冑"、"盔甲"。作為防禦性武器的甲,周以前,僅以皮革製成,無鎧片。西周時期皮質甲上釘綴青銅飾件,以增強防護效能。戰國出現鐵甲。秦漢革甲、鐵甲、銅甲並用,衛體部位增多,防護部分為胸、背、腹。南北朝時,保護腿部的甲裳"腿裙"和護臂的"披膊"、"筒袖"相繼問世,全套鎧甲形成。唐代出現製作精良的甲,有細鱗甲、烏錘甲、鎖子甲等。在唐代鎧甲的基礎上,宋代的甲冑形成了較完整的制度，盔甲的材質分為鐵、皮、紙三等，鐵甲最為貴重。南宋中期以後，鎧甲的重量有所減輕，但甲葉的數目有所增加，説明鎧甲的質量又有所提高，更加精細了。甲冑一直沿用了數千年，其間形制不斷得到改進，製作甲冑的材料亦多種多樣，其防護功能逐步完善。

　　“武”的甲骨文字形作“”，由“止”、“戈”兩個構件組成，“止”像腳形，表示行走，“戈”是武器，整個字形表示拿着武器去征伐。後來，“止”字引申有“停止”的意思，而且成為“止”的最常用義項，於是春秋戰國時期的楚莊王對“武”字構意進行了重新説解：“夫武，定功戢兵。故止戈為武。”意思是説，“武”的作用就是建立功業，制止戰亂，因此用“止戈”（意思是“制止戰爭”）組成“武”字。楚莊王的這個解釋正與儒家思想相合，所以許慎拿來解釋小篆字形，這種説解一直以來成為“武”的精髓。

古代刑法

• 說"法"論"刑"

法

　　"法"的小篆字形作""，由三個構件組成：左上部分是"水"，表示法要"平之如水"；下邊的構件是"去"；右上部分構件像一種名叫"獬豸"的神獸之形，傳說這種動物見人爭鬥即以角觸不直者（沒有理的人），因而也稱直辨獸、觸邪。當人們發生衝突或糾紛的時候，獬豸能用角指向無理的一方，甚至會將罪該萬死的人用角抵死，令犯法者不寒而慄。傳說帝堯的刑官皋陶曾飼有獬豸，用來幫助辨疑治罪，凡遇疑難不決之事，讓獬豸來裁決，都準確無誤。因此，在古代，獬豸就成了執法公正的化身，古代法官戴的帽子又稱"獬豸冠"。"法"字形體由這三個構件合成，表示以獬豸觸去理屈者，從而使審判公平如水。這種用冥冥神靈裁判是非的刑法制度，是世界各民族社會刑法歷史共同經歷過的階段。

刑

"刑"小篆字形作"刑"。左邊的構件為"井",古人認為井水有常德,"不概自平,多取不損,少汲不盈",是公平和法律的象徵;右邊的構件為"刀",是刑具,具有威懾爭訟雙方的權威力量。

可見,"刑"、"法"二字的形體結構都突顯了法律應該具有的公平特點和懲罰邪惡的功能。

• 古代刑具

幸

甲骨文中有"幸"字,像古代一種類似手銬的刑具,讀作niè,楷定為"幸"。"幸"還可以與其他構件組成合體字。如"執"字甲骨文作"執",左邊的構件像古代一種類似手銬的刑具,右邊的構件像兩手被刑具鉗制的跪坐人形,表示捕執之義。同樣,"報"字甲骨文作"報",由三個構件組成,左邊的構件表示類似手銬的刑具,中間的構件像雙手被鉗制曲膝下跪的罪人,右邊的構件像一隻手按住罪人,整字表示抓捕罪人。"圉"的本義是用來拘禁罪人的圂圄,甲骨文字形作"圉"或"圉",前者由刑具和封閉區域組合,後者由帶刑具的罪人和封閉區域組合。從以上這些包含"幸"構件的古文字形體可以看出,"幸"的甲骨文字形取象於古代用來鉗制手的刑具,即手銬。

"辛"的商代金文字形作"辛",像古代的刑刀。古代許多與罪相關的字都包含"辛"構件。如"妾"字甲骨文作"妾"或"妾",上邊的構件表示刑刀,下邊是"女",像女子跪坐而頭上戴有刑具之形,表示"有罪女子",後一個字形還有象徵壓迫的手形,更形象地表現妾的身份是因被俘或犯罪而被剝奪了自由、被迫為他人服務的女奴。因此,《説文解字》把"妾"字解釋為"有罪女子,給事之得接於君者",意思是,有罪的女子中,為君王服務並有機會接觸君王的。後來引申指"古代男子在妻子以外娶得的女子"。同樣,"僕"字甲骨文作"僕",像頭上戴有刑具的罪人雙手捧箕勞作的樣子,表示供人役使的人。"辟"的甲骨文字形作"辟",《説文解字》説解為:"法也。從卩從辛,節制其罪也。從口,用法者也。"其中"卩"構件表示節制,"辛"表示罪。

罪

"罪"本來作"辠",由"自"和"辛"兩個構件組成,"辛"構件也表示刑刀。但後來,秦始皇將"辠"字改為"罪"。秦始皇為甚麼偏要和"皋"字過不去呢？這裏還有一段故事。秦滅六國之後，嬴政把大臣召集來"議帝號"。但位居於七國之尊的嬴政，究竟應該有一個甚麼樣的"尊號"呢？大臣們議論紛紛。中國古有天皇、地皇、泰皇，為"三皇"，泰皇為最高、最尊、最貴，所以有大臣建議嬴政稱"泰皇"。但是也有人認為：古有五帝，即黃帝、顓頊、帝嚳、唐堯、虞舜，而嬴政的功績為"五帝所不及"。嬴政最後取"三皇"之"皇"、"五帝"之"帝"合為"皇帝"。嬴政是第一個皇帝，所以稱"始皇帝"。"皇"的小篆字形作"皇"，與"皋"字形相近，秦始皇覺得很不吉利，於是下令廢掉"皋"字，而借用本義是"捕魚竹網"的"罪"字記錄"犯罪"之"罪"義。

• "五刑"

中國古代有五刑之說，"五刑"即五種刑罰之統稱。不同時期，五刑的具體所指並不相同。西漢文帝以前，五刑指墨、劓、刖、宮、大辟；隋唐之後，五刑則指笞、杖、徒、流、死。"五刑"的特點大都能從字形上得到體現。

黥

"黥"字也作"剠"或"𠛬"，分別由"黑"、"京"、"刀"三個構件中的兩個組成，"黑"和"刀"具有表義功能，分別突出黥刑的特點和所用工具，就是在人額頭或臉上刻下表示犯罪的標誌，再填以黑墨，使其永不褪色。"京"則標示讀音。黥刑，又叫墨刑、墨辟、黥墨。

　　五代以後，黥面之刑一律改為針刺，並與流刑結合，成為"刺配"。《水滸傳》中林冲便是受了刺配之刑。

劓

　　"劓"的甲骨文字形分別作"🔶"或"🔶"，由取象鼻子的構件"自"和刑具"刀"組成，表示用刑刀割去鼻子。小篆字形作"🔶"，《說文解字》說解為"刑鼻也"。

刖

　　"刖"的甲骨文字形作"🔶"，右邊是一隻手拿着一把鋸，左邊人形靠近鋸的一條腿較短，表現的正是以鋸鋸斷人腿的施刑場面。據《韓非子·和氏》記載，春秋時期，和氏璧的發現者就曾兩次遭受刖刑。楚國的一個人在山中得到了一塊璞玉，把他獻給了當時的武王，武王讓懂得玉的人來辨識，那位懂玉的人說，是石頭，武王因此認為這個人欺騙自己，就下令對他施刖刑，砍斷了他的左腿。等到文王即位，這個人又把這塊璞玉奉獻給文王。文王又讓當時懂玉的人辨識，那個懂玉的人又說是石頭。文王又認為這個人欺騙自己而對他施以刖刑，而砍斷了他的右腿。

與刖刑相似，古代還有一種挖去膝蓋骨的刑罰，因膝蓋骨也叫髕骨，這種刑罰被稱作臏（髕）刑。戰國時期著名軍事家孫臏就是因為受到臏刑而得名。

宮刑

宮刑，又稱淫刑、腐刑、蠶室刑，特點是割去受罰者的生殖器。甲骨文中"豕"字作"（圖）"，像大腹小尾的豬形；還有"（圖）"字，在豬的腹下多一筆，這一筆表示豬的生殖器，突出公豬的特點，這就是"豭"字。《説文解字》"豭，牡豕也"，牡豕就是公豬，"豭"是後來造的形聲字。與之相近，甲骨文中還有個"（圖）"字，與"豭"的甲骨文字形相比，主要差別是腹下一筆與腹部不相連，表示該公豬的生殖器被割掉，也就是"去勢之豕"。古代某些罪犯也會被施以去勢之刑，即割掉生殖器，這種刑罰就是"宮刑"，也稱為"椓"、"劓"或"䨄"。

甲骨文中還有個"（圖）"字，非常形象地表現了宮刑的特點：左邊的構件像男子生殖器，右邊的構件是實施宮刑的刑刀。"宮"刑最初的施行對象，是犯了姦淫之罪的男女。《尚書》説："男女不以義交者，其刑宮。"後來其他重罪者也被處以宮刑。歷史上曾受到宮刑的最著名的人物是《史記》作者司馬遷。

大　辟

大辟，即死刑，分為戮、烹、車裂、棄市等。

戮又作剹，以"戈"或"刀"為表義構件，意思就是用刀、斧、戈等把犯人殺死的意思。

烹，以"灬"為底，"灬"是"火"的變形，烹就是煮的意思。烹刑，也稱烹殺，是一種酷刑。施刑者先將犯人的衣服脱光，並將犯人推入一個如成人般高的大鍋，放在柴火上烹煮。著名神魔小説《封神榜》中，周文王之子伯邑考因遭到妲己的陷害，被紂王處以烹刑，放在大鍋裏"烹為羹"。《史記》記載，項羽也曾威脅要把劉邦的父親烹殺，不過劉邦表示並不在乎，最後項羽只好放棄這個想法。

車裂，民間俗稱"五馬分屍"，特點是將犯人的頭及四肢分別縛到五輛車上，由馬引車前進，把身體撕裂，傳説秦國的商鞅受此刑而死。

棄市就是在人眾集聚的鬧市，對犯人執行死刑並將犯人暴屍街頭的一種刑法。

隋唐之後的五刑，"笞"(chī) 和"杖"都是用刑具抽打受刑者，區別是：笞是用小荊條擰成的刑具抽打受刑者臀部；杖是用粗荊條擰成的刑具抽打受刑者的背、臀和腿。徒是強制犯人勞役。流是將犯人流放到邊遠地區，不准回鄉。隋唐之後的死刑一般為兩種：絞和斬。宋代以後增加了凌遲。明清又增加梟首。"絞"字以"糹"為部首，絞刑就是用繩索等把犯人勒死吊死的刑罰。"斬"字由"車"、"斤"兩個構件組成。"斤"指斧鉞,古代刑具;"車"指囚車。"車"與"斤"聯合起來表示"用囚車把死刑犯從監獄運送到刑場,以斧鉞砍殺"的一種刑罰。凌遲,也作陵遲,本義為"丘陵之山勢漸緩",引申為一種讓犯人慢慢死去的刑罰。這種刑罰俗稱"千刀萬剮",是中國酷刑之一。劊子手把受刑者身上的皮肉分成數百至數千塊,用小刀逐塊割下來。而且,行刑很有講究,如果受刑者立刻死亡,則說明劊子手行刑失敗。受刑者往往要忍受數小時的痛楚才會氣絕身亡。"梟"字小篆字形作"",像鳥頭掛在樹上。梟首是把犯人的首級插在高竿上,懸於公眾經過的地方展示,以儆效尤,稱為梟首。後來"梟"也用來稱貓頭鷹之類的猛鳥。

• 古代其他刑法

炮 烙

炮烙之刑是在銅柱上塗油,下邊用炭火加熱,令有罪之人在銅柱上行走,罪人掉入炭中活活燒死。

刵

"刵"字由"耳"和"刀"兩個構件組成,《說文解字》說解為

"斷耳也"，本義就是割去耳朵的刑罰。

髡 耐

"髡"（kūn）字由"髟"和"兀"兩個構件組成，上邊的"髟"表示頭髮，下面的"兀"是取象人頭形的"元"構件的省略，本義就是剃髮。

"耐"，也可寫作"耏"或"刵"，小篆字形作"耏"或"刵"，"耐"的古今所有字形都包含"而"構件，"而"小篆字形作"而"，《說文解字》說解為："頰毛也，象毛之形。"本義就是臉頰上的鬍鬚，所以"耐"的本義就是剔除頰鬚的一種處罰形式。《說文解字》說解為"罪不至髡也"，意思是一種比"髡"輕的刑罰。

在今天看來，剔除頭髮或剔除頰鬚都是非常平常的事情，為甚麼古代剃髮、剃鬚會作為一種刑罰呢？這是因為古人將鬚髮視為不可侵犯的神聖之物，剃去鬚髮，雖無皮肉之苦，其恥辱程度則十分嚴重。因為在古人看來，"身體髮膚，受之父母，不敢毀傷，孝之始也"，"父母全而生之，子全而歸之，可謂孝矣"，而"百善孝為先"。因此剃髮去鬚，會對人造成極大的侮辱，給人以恥辱感，因此，剃髮的"髡"和剃鬚的"耐"都成為古代一種較輕的刑罰。

罰 貲

　　"罰"的小篆字形作"䍖",《説文解字》説解為:"罪之小者。從刀從詈。未以刀有所賊,但持刀罵詈則應罰。"可見,罰是比刑輕的懲罰,主要體現為經濟制裁。《尚書·堯典》記載:"金作贖刑。"漢代孔安國解釋説:"金,黃金。誤而入刑,出金以贖罪。"可見,贖刑就是經濟懲罰,早在西周時期就有,之後各個時期都有贖刑。傳説東方朔曾用"金千斤錢千萬"為昭平君贖死罪。當然,贖刑並非任何人任何情況都適用,多適用於有官職地位者或老者弱者。如漢代飛將軍李廣與匈奴交戰失敗被俘,後雖逃回,但依法當斬。他交了贖金,就被免死,只被罷免官職。又如漢代司馬遷被處以宮刑,他本可以用錢贖刑,但因為錢不夠,贖刑沒有成功。贖刑的設置既有利於統治者搜刮民財,也可使富人逃避刑法的制裁,確是為有錢人創造的救星。但是,不是甚麼罪都可贖的。如《尚書·呂刑》規定:"五刑不簡,正於五罰。"意思是當罪犯的罪行不能核實定案,不能判處五刑,才處以罰金。以後各代對於贖刑都有規定,宋明時期尤為嚴格。

　　秦時罰金稱"貲"。《説文解字》把"貲"説解為:"小罰以財自贖也,從貝此聲。漢律:民不繇,貲錢二十二。"《睡虎地秦墓竹簡·秦律十八種》:"不從令者貲一甲。"《睡虎地秦墓竹簡·效律》:"過二千二百錢以上,貲官嗇夫一盾。"可見,貲的內容不僅有錢,還有甲、盾等武器。

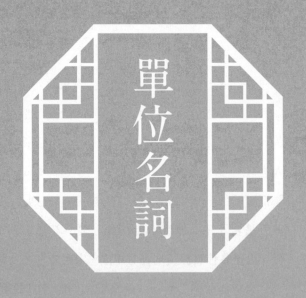

單位名詞

重量和容積名詞
長度名詞
時間名詞
季節名詞
紀年名詞

◇　　◇　　◇　　◇

　　古代漢語最初沒有量詞，但卻有各種單位名詞。不同時代對同一事物的稱呼不盡相同，如現在所說的"年"，夏代稱為"歲"，商代稱為"祀"，周代稱為"年"。同一單位名詞的內涵，在不同時代也不盡相同，如"尺"、"丈"等長度單位名詞所指的實際長度，周代不同於漢代。本章以古文字形體為線索，對常用時間單位名詞、長度單位名詞、重量和容積單位名詞的意義及其變化進行梳理。

紀年名詞

　　"年"、"歲"、"祀"都是現代漢語中比較常用的詞語，"年"主要用作時間名詞，"歲"主要用作表示年齡的量詞，"祀"主要表示"祭祀"。這三個詞在古代漢語中具有共同的義項，即表示地球繞太陽一周的時間——"一年"，約 365 天。這三個詞做時間名詞的時代不同，具體說就是，夏代用"歲"，商代用"祀"，周代用"年"。三個不同的名詞，反映了三代各不相同的歷史文化特點。

歲

　　"歲"字西周金文作"歩"，繁體字"歲"與之一脈相承。本義就是"木星"，也叫"歲星"。表示"木星"的"歲"字為甚麼以"步"為部首呢？中國最早的紀年法是夏代的歲星（木星）紀年，它的特點是根據歲星運行規律——歲星約十二年在黃道附近繞天一周——古人把黃道附近的一周天分為十二個星次，歲星每年行一個星次，於是，用"歲"來表示歲星運行經過一個星次的時間。夏代以歲星在天空中的運行情況作為紀年的依據，說明夏代十分重視對天文現象的觀測和研究，直至現在夏曆仍在使用，可見夏代天文研究的水平之高。

祀

"祀"字，《説文解字》説解為"祭無已也"，意思是不停地祭祀。商代非常重視祭祀，祭祀種類繁多，甚麼時間祭祀甚麼神靈都有一定規定，完成一個週期的各種祭祀，整整是一年，因此就用表示一個祭祀週期的時間"祀"來紀年。

年

"年"字甲骨文作"𠂤"，像人背禾之狀，表示豐年收穫之意。在黃河流域，普通穀類大概一年一熟，周代就以穀物的生長、收穫週期作為紀年依據。周代用穀物生長、收穫的週期作為紀年依據，說明農業生產在周代社會生活中的地位十分重要。

季節名詞

時

"時"字甲骨文作"㞢日"。上邊的構件取象於腳向外走，是"之"的甲骨文字形；下邊的構件是"日"。整個字的構意表示太陽運行。《説文解字》："時，四時也"，本義就是季節。可見，古人劃分季節的一個重要依據就是太陽運行的情況。

春

"春"字甲骨文作"𣇃"或"𣉩"。第一個字形的左半部，中間像太陽之形，上下都像草形，右半部，像初生的小草；第二個字形的左半部，像太陽之形，右半部，像初生的小草。本義就是"春天"。可見古人為"春"造字時，抓住了春天陽光明媚、草木萌發的特點，並用具體的意象把它表現出來。

夏

　　"夏"的金文字形作""，像一個人之形，兩側的構件表示兩手，下邊的構件表示兩腳，本義就是中原古部族的名稱，即"華夏"之夏。用來記錄夏天的"夏"是假借用法。

秋

　　"秋"字甲骨文作""或""，像蝗蟲之形。《說文解字》所列古文字形作""，該字形除了蝗蟲形構件外，又增加了"火"構件和"禾"構件。秋後蝗蟲蟄伏，是火燒蝗蟲的最佳時機，因此用火燒蝗蟲表示秋季，又增加"禾"構件表示秋天是莊稼成熟的季節。

冬

　　"冬"字甲骨文作""或""，像絲繩兩端有結之形，表示末端之義，冬季是一年的末端，因此，用這個字形表示"冬天"義。冬天的特點是寒冷，於是，又增加取象冰凌形的"仌"構件。"冬"小篆作""，《說文解字》說解為："四時盡也。從仌從夊。夊，古文終字。，古文冬從日。"

時間名詞

日

"日"的甲骨文字形作""，像太陽之形，本義就是"太陽"，有太陽的時間是白晝，因此，"日"又有白晝義。每天日出日落，約二十四小時一個週期，因此"日"又有一晝夜的意思。

月

"月"的甲骨文作字形作"　"，像月牙之形，本義就是月亮。月有圓缺變化，古人用圓缺變化的一個週期作為記時單位，這就是陰曆的一個月。

旦 朝 昃 昏

暮 朔 霸 朏 望

旦

朝

暮

用來記錄時間的名詞，往往以"日"、"月"作為表義構件。

"旦"字甲骨文字形作"𝌆"，上邊的構件像太陽之形，下邊的構件表示大地，意思是太陽剛剛離開地平線不遠，本義就是早晨；小篆字形作"旦"，用一條橫線表示地平線。

"朝"字甲骨文字形作"𝌆"，像日月都在草莽中之形，表示太陽已升到草莽之中，而月亮還沒有落下的時候，即早晨。

"昃"（zè）字甲骨文字形作"𝌆"，左下方的構件是"日"，右上方的構件是一個側歪的人形，表示太陽已經向西側歪的時候，即午後的一段時間。

"昏"字甲骨文字形作"𝌆"或"𝌆"，後者由"氏"和"日"兩個構件組成。小篆作"昏"，《說文解字》說解為："日冥也。從日氏省。氏者，下也。"意思是說，"昏"字的構意是太陽落到低處的時候，也就是黃昏之時。

"暮"字甲骨文字形作"𝌆"，像太陽落到草叢之中，表示傍晚時光，本義就是傍晚。後來增加表義構件"日"作"暮"。

　　"朔"字以"月"為部首，本義也是一種月相名稱，指月亮運行到太陽和地球之間，與太陽同時出沒，在地球上看不到月光的時候，即陰曆每月初一。

　　"霸"字西周金文作""，以"月"為部首，本義就是月相名稱，指月亮剛剛發出光亮的時候，一般在陰曆初二或初三。

　　"朏"字古文字形作""，由"月"和"出"兩個構件組成，本義是"月未盛之明"，常用來指陰曆初三。

　　"望"字甲骨文字形作""，像人登高舉目遠眺的樣子，本義就是往遠處看。陰曆十五，月亮最圓，月亮與太陽一東一西，遙遙相望，因此陰曆十五的月相被稱作"望"。

長度名詞

古人在測量自己周圍事物的長度時，常常根據自己身體的特點，以人體某部位的長度作為計量事物長度的標準。許慎在《説文解字》中對此有詳細的解釋。

寸

"寸"字小篆字形作""，由"又"、"一"兩個構件組成，"又"是手形，"一"是指事符號，以指示寸口的部位。《説文解字》説解為："寸，十分也。人手卻一寸動脈謂之寸口。"意思是從人的手腕向後退手的中指中間一節的長度，是脈搏動感強烈的地方，這就是寸口。從寸口到手腕的距離，每人各不相同，因此規定中等身高之人的寸口離手腕的距離為一寸。可見，寸的長度規定源於人體部位。

《說文解字》把"尺"字說解為:"尺,十寸也。人手卻十分動脈為寸口,十寸為尺。"《大戴禮記·王言》又有"布指知寸,布手知尺"的說法。由此可以知道,古代的一寸大約相當於常人中指中間一節的寬度,一尺大約相當於張開手掌後,從拇指指端到中指指端之間的長度。

"咫"字《說文解字》說解為:"中婦人手長八寸,謂之咫,周尺也。"意思是一咫的長度大約相當於中等身材的婦女的手掌長度,周代的一尺就是一咫,也就是八寸。

尋

"尋"的甲骨文字形作"🔲"或"🔲",像平伸兩手測量事物長度的樣子。"尋"作為一種長度單位,其長度相當於一個人平伸雙臂時,從一隻手的中指尖到另一隻手的中指尖的距離,這個長度大約相當於人的身高。一般人的身高是古制的七八尺(西周和秦代,一尺約合今天的 23.1 厘米,八尺相當於現在的 184.8 厘米），因此，一尋的長度，有的認為是七尺，有的認為是八尺。

<h1 style="text-align:center">常</h1>

“常”字從巾尚聲，《説文解字》以為是“裳”的異體字，但是根據很多從“巾”的字義與旗幟有關，而且古文獻中有很多“常”作“旗幟”義的用例，可以認定“常”的本義應是旗幟的名稱。這種“常”豎立在車上，其高度有一定的標準，這種標準成為高度的等級標誌，並由此發展為長度單位。古代文獻中多次出現“八尺為尋，倍尋為常”的説法，可以得知，一常大約相當於一丈六尺。

<h1 style="text-align:center">仞</h1>

“仞”是一種測量高度或深度的單位。考其語源，“仞”與“人”音近義通，具有同源關係，也就是説“仞”這種長度單位來源於人的身高，最初就以人的身高為標準。身高因人而異，一般身高在古制七八尺左右。因此，關於“仞”的長度舊説不一。

古人測量長度大都以人體作為標準，即採用“近取諸身”的

方法。除此之外，古人還利用自然物作為計量長度單位的標準，主要是以粟黍和絲毛為基準。

以粟黍為基準，就是以穀物的顆粒等作為計量長度的單位。《淮南子·天文訓》："秋分蔈定，蔈定而禾熟。律之數十二，故十二蔈而當一粟，十二粟而當一寸。"其中的"蔈"是禾穗的芒尖，"粟"是未去皮的小米，即穀子。也就是説，十二根禾穗的芒尖的直徑之和，就是一粒穀子的長度；把十二粒穀子一粒挨一粒地排成一條直線，它的長度就是一寸。顯然，蔈和粟的長度都非常小，用它們作為計量長度的基準物，不僅取用方便，而且誤差非常小，具有比較準確的優點。

以絲毛為基準，就是以蠶絲和毛髮作為計量長度的單位。《孫子算經》卷上："度之所起，起於忽。欲知其忽，蠶吐絲為忽。十忽為一絲，十絲為一毫，十毫為一氂，十氂為一分。"其中"毫"字以"毛"為部首，本義是鳥獸身上長而尖的毛；"氂"字也以"毛"為部首，本義是氂牛或馬身上的長毛，也寫作"犛"。意思是説，十根蠶絲直徑之和，就是一絲的長度，十絲的長度是一毫，十毫的長度是一氂，十氂的長度是一分。

重量和容積名詞

　　古代先民在計算事物的量時，主要採取"遠取諸物"的方法。"遠取諸物"的方式主要有兩種：一是以粟黍為基準，一是以器物為基準。

　　以粟黍為基準，就是以穀物顆粒作為計量標準。如《淮南子・本經訓》："其以為量，十二粟而當一分，十二分而當一銖，十二銖而當半兩。"也就是以一粒穀子的重量為基本計量標準，十二粒穀子的重量之和就是一分，十二分就是一銖，十二銖就是半兩，或者說二十四銖是一兩。古人還以一粒黍子的重量作為計量基準，如《孫子算經》："稱之所起，起於黍。十黍為一絫，十絫為一銖，二十四銖為一兩，十六兩為一斤。"這樣，一斤就合38,400 黍。

　　古人除了使用自然之物作為質量單位標準，還以人工製成的器物作為質量單位標準。

噸

"噸"，原來寫作"鏆"，以"金"為部首，本義是"矛、戟等古代長兵器下端的平底銅套"，後來引申指"打夯用的重錘"。《説文解字》就把"鏆"字説解為"千斤椎"。因為"鏆"分量很大，後來漸漸成為計量重物質量的單位。此外，"鈞"、"石"也是古代常用計量單位，一鈞等於三十斤，四鈞就是一石，也就是説，一石等於一百二十斤。

勺

"勺"的小篆字形作"ᄀ"，外部輪廓像一個帶柄的勺子，中間的短橫表示勺中所盛的東西，本義就是一種用來舀東西的器具。後來製作規範的勺，被人們用作計量器具。在計量單位裏，一勺等於百分之一升。《孫子算經》："量之所起，起於粟。六粟為一圭，十圭為一撮，十撮為一抄，十抄為一勺，十勺為一合。"其中較小的計量單位是以穀子顆粒為標準的，"圭"是六個穀子顆粒，"撮"、"抄"本來分別指"用三個指頭抓起"、"用手掌合攏取物"的動作，這裏用作計量單位，分別相當於六十個穀子顆粒和六百個穀子顆粒。根據已經出土的秦漢量器上的銘文及實測情況看，當時的一升約合現在的 200 毫升。這樣，一勺就是 2 毫升左右，也就是現在的 2 立方厘米。

勺

合

　　"合"字甲骨文作""，下邊的構件像器皿，上邊像蓋子，整字像器蓋相合之形。可見，"合"本是一種小型常用容器，用於計算數量不大的物品很方便，因此成為計量器具。一合的容積約為 20 立方厘米，約相當於一個鴨蛋的大小。

合

斗 升

　　"斗"和"升"的金文字形分別作""和""，""像古代量器斗之形，上邊為量器主體部分，下邊的構件為斗柄。"升"的金文字形""與""相似，只是增加了一個點以示區

斗

別。"斗"和"升"都是古代最常用的計量器具。十合為一升，十升為一斗，可知，一升容積約為 1,000 立方厘米，一斗容積約為 10,000 立方厘米。"斛"字以"斗"為部首，本義就是計量器具，根據《説文解字》："斛，十斗也"，南宋以後，又改五斗為一斛。

　　以器物為基礎發展出來的計量名稱，還有豆、釜、鍾、缶等。在此就不一一列述了。

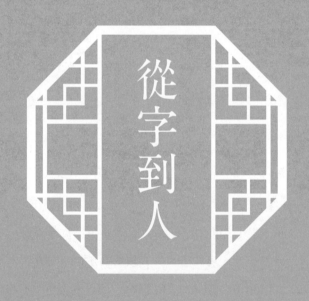

從字到人

◇　　◇　　◇　　◇

　　古代先民造字時，"近取諸身"是十分常用的方法。因此，表示人體部位的古文字比較多。比如"耳"、"目"、"口"、"自"、"首"、"又"、"止"等字都取象於人的耳朵、眼睛、口、鼻子、頭形、右手、腳。中國古代先民不僅對自己身體的各個部位有比較明確的認識，把它們作為造字取象的豐富資源，而且對於疾病及治療方法也有一定認識。本章對"疾"、"病"二字從古文字形體入手，分析其字形所包含的豐富文化內涵。同時，對古代醫療從巫醫同源、古代藥物和針灸療法幾個方面進行了簡單介紹。

漢字與人體

• 頭

首 頁

“首”字甲骨文作“”，像人頭之形，上邊是頭髮，下邊是臉，臉部突出眼睛；金文演變為“”，小篆演變為“”。“首”的本義是頭。本義是“頭”的字還有“頁”，甲骨文作“”，像跪坐的人形，特別突出其頭部，金文演變為“”，小篆演變為“”。

• 面部器官

面

“面”字甲骨文作“”，小篆作“”，像人面形，外像面部邊廓，內像眼睛，因五官中最引人注意者莫過於眼睛。“面”的本義就是臉，即整個面部。需要注意的是："臉"的本義是兩頰，如杜牧《冬至日寄小姪阿宜詩》"頭圓筋骨緊，兩臉明且光"，其中的"兩臉"就是"兩頰"的意思。後來引申為"整個面部"，並成為常用義。

"目"字甲骨文作"𦣝"或"𦣝"像眼睛之形，後演變為"𦣝"，小篆字形作"目"。本義就是眼睛，如"目不轉睛"。

"自"的甲骨文作"𦣝"，像鼻子之形，小篆變作"自"，本義就是"鼻子"。以"自"為部首的字本義與鼻子有一定關聯。如"鼻"本義就是鼻子；"臭"本義是用鼻子辨別氣味；"息"的本義是氣息，也與鼻子有關聯。

"耳"的甲骨文作"𦣝"或"𦣝"，像耳朵之形，金文作"𦣝"，小篆變作"耳"，本義就是"耳朵"。以"耳"為部首的字，意義大多與"耳朵"有關。如"聾"、"聰"、"聳"、"耽"本義是與耳朵相關的形容詞；"聞"、"聆"、"聊"、"聶"本義是與耳朵相關的動詞。

口 舌 唇

　　"口"的甲骨文作"⎍"，金文作"⎍"，小篆作"⎍"，像張口之形。以口為部首的字大多與口有關。如"舌"的甲骨文作"⎊"，金文作"⎊"，像張口伸舌之形，舌有分叉，説明取象蛇之舌，本義就是"舌頭"。再如"唇"，《説文解字》古文作"顋"，從頁辰聲；小篆字形作"脣"，從肉辰聲。其實，"辰"構件不僅具有表音功能，也具有表義功能，因為"辰"的甲骨文"辰"或"辰"，像蜃從殼中出來之形，本義就是蜃。蜃的兩片殼一張一合與人的嘴唇十分相似，因此"辰"構件兼有表義和表音兩種功能。"唇"與口的關係十分密切，楷書字形變為從口辰聲（小篆"唇"本義是"驚也"）。

齒 牙

　　"齒"的甲骨文字形作"齒"，像張口露齒之形。顯然，所露之齒是唇後的門牙。所以，齒的本義是"門牙"。"笑不露齒"、"唇亡齒寒"、"唇齒相依"中"齒"的意義都是門牙。而"牙"字小篆字形"牙"，《説文解字》説解為"牡齒也"，牡齒就是大牙，即人們常説的後槽牙。古代音韻學按發音部位的不同，把聲母概括為"唇、齒、舌、牙、喉"五音，其中"齒音"和"牙音"在現代漢語中分別稱為"舌尖音"和"舌根音"，這説明"齒"和"牙"在古代漢語中所指意義不同。隨着語言的發展,"齒"、"牙"組合為並列式合成詞"牙齒","齒"、"牙"的意義所指逐漸混同,如"牙膏"、"牙刷"、"拔牙"、"鑲牙"以及"健齒"、"齲齒"中的"牙"或"齒"不再只指後槽牙或門牙,而是包括所有的牙齒。

鬚

"鬚"字金文作"🔆",像人面部長有鬍鬚之形,後來寫作"鬚"。"鬚"的本義就是"鬍鬚"。由本義"鬍鬚"引申為"動植物或其他物體上像鬚的東西",例詞:"根鬚"、"花鬚"、"觸鬚"。

眉

"眉"字甲骨文作"🔆",金文作"🔆",從目,目上構件像眉毛之形,本義就是眉毛。小篆字形為"🔆"。

• 脖子

領 頸 項

"領"、"頸"、"項"三個字都以"頁"為部首,"頁"的本義是

"頭"，因此"領"、"頸"、"項"的本義都與人頭有關。"領"的本義是脖子，而且是整個脖子，《詩經·衛風·碩人》"領如蝤蠐"形象地描繪了女子脖子白而長的特點。因為衣服的領子是圍繞着脖子的，於是稱其為"衣領"。拿起一件上衣，最好的方法是提起衣領，於是產生成語"提綱挈領"，並進一步產生"綱領"一詞。"頸"、"項"的本義也是脖子，但"頸"主要指脖子的前部，"項"主要指脖子的後部，"望其項背"的"項"指的就是脖子的後部。

• 軀幹各部位

"身"的甲骨文作"身"，金文作"身"，像人而隆其腹之形，本義就是身孕，胎兒。如"懷身子"，《詩經·大雅·大明》"大任有身，生此文王"。後來引申指身體。

"背"的甲骨文作"背"，像二人背靠背之形，本義就是脊背，即肩至後腰部分。

人後背的中間是脊，有兩個象形字。一個是"呂"，小篆作"呂"，像椎骨棘突上下相連；另一個是小篆"脊"，中間表示椎骨，兩側表示肋骨，下面一橫表示腰部。

"要"的金文作"𡢁"，《説文解字》古文作"𦥼"，小篆作"𦥼"，中間像人形，兩旁像兩手叉腰之形，本義就是腰，後增加表義構件"肉"作"腰"。"腰"在人體的正中間，非常重要，因此引申有"主要的內容"之義，如"摘要"、"綱要"、"扼要"，還引申有"重大"之義，如"要事"、"要職"、"要緊"。

　　"腹"字金文作"𩙿"，從人复聲，小篆和楷書字形都從肉复聲，本義是腹部，位於肋下。

　　"腋"字甲骨文作"夾"，金文作"夾"，小篆作"亦"，楷定為"亦"，在人的兩臂之下各加一點，表示腋下所在之處，本義就是"腋窩"，後來寫作"腋"。

・ 內臟

臟　腑　心　胃

　　"臟"字從肉藏聲，中醫稱"心、肝、脾、肺、腎"為內臟，因此，表音構件"藏"也具有表義功能，表示這些器官是隱而不露的，是藏在體內的。

　　同樣，"腑"字的表音構件"府"也具有表義功能，"府"的本義是指藏文書的地方，人體的六腑（胃、大腸、小腸、三焦、膀胱、膽）也是容納和消化食物的地方，因此，表音構件"府"也具有表義功能。

　　"心"金文字形作"♡"或"♡"，小篆作"心"，像一顆心的縱向剖面圖，説明我們的祖先早已對心臟的結構有十分準確的認識。古人認為心臟是人思維的器官，因此本義與思維或心理活動有關的字的書寫形式大都以"心"為部首，如"思"、"想"、"愚"、"慧"等，從成語"心靈手巧"、"心領神會"、"心急如火"、"憂心如焚"也可以看出古人把心看成思維器官的觀念。歷史傳説有一個"比干剖心"的故事：比干是商王太丁之子，幼年聰慧，勤奮好學，二十歲就以太師高位輔佐帝乙，又受託孤重任輔帝辛（即紂王）。比干從政四十多年，主張減輕賦税徭役，鼓勵發展農牧業生產，提倡冶煉鑄造，富國強兵。商紂王暴虐荒淫，橫徵暴斂，比干感歎説："主上有過錯而不勸諫就不能算作忠臣，因怕死而不敢勸諫就不能算作勇敢。主上有過錯，做臣子的勸諫卻不被採納，就要為之獻出生命，這才是最忠誠的表現。"於是到摘星台強諫三日。紂王問他憑甚麼敢這樣做，比干説："憑的是善於推行仁義。"紂王大怒，説："吾聽説聖人的心有七竅，確實是這樣嗎？"於是殺死比干並剖開他的心。

關於比干剖心還有一種説法，就是比干得罪了妲己，妲己對紂王進讒，説自己心口痛，需要七竅玲瓏心可治，並説比干是七竅玲瓏心，於是紂王剖比干之心給妲己。

"胃"小篆字形作"𗧞"，上邊的構件像胃的剖面圖，中間的數點兒表示其中的水穀等，下邊的構件是"肉"。本義是人和某些動物消化器官的一部分，上端與食管相連，下端與腸相連。

242

如前所述，以"支"為聲符的字的意義多具有"分叉"的特點，如"枝"是從樹的主幹上分出來的"叉"，"歧"是從大路上分出來的岔道。同樣，"肢"是從人體軀幹上分出來的部分，包括上肢和下肢。

手　又　寸　肱

手是最重要的勞動器官，因此古文字中取象"手"的字比較多。甲骨文"𠂤"像左手；"又"的甲骨文作"𠂤"，金文作"𠂤"，小篆作"𠂤"，取象右手之形。手本來有五指，只畫出三個是因為古代以三為多。當然，也有將五指全部畫出的字，"手"金文字形"𠂤"，小篆字形"𠂤"，都像手之形，取象五個手指和手掌的形象。

從手掌根部向後退一寸左右，就是寸口位置。"寸"的小篆字形"𠂤"，由"又"、"一"兩個構件組成，"又"是手形，"一"是指事符號，以指示寸口的部位。《説文解字》説解為"寸，十分也。人手卻一寸動脈謂之寸口"，意思是從人的手部向後退一寸，是脈搏動感強烈的地方，這就是寸口。從寸口到手腕的距離為一寸，可見，寸的長度規定源於人體部位。漢字體系中，有的"寸"構件是像右手之形的"又"構件的變異結果，如"對"、"寺"、

"尋"、"導"、"壽"、"封"、"耐"、"將"、"辱"、"射"、"尉"、"尊"。其中"對"、"寺"、"導"、"封"、"耐"、"辱"、"射"、"尉"、"尊"本義是動詞;"尋"、"將"本義是名詞;"壽"本義是形容詞。

　　"肱"的正篆字形作"𦟝",古文作"𠃋",《説文解字》説解為:"臂上也。從又,從古文𠃋,古文厷,象形。"後增加表義構件"肉"作"肱"。"肱"的本義就是大臂,如"肱股"指大臂和大腿,比喻左右輔佐得力的人;引申指整個手臂,如"曲肱而枕"中可以彎曲的"肱"當指整個手臂,而不是大臂。

止　足　脛　胯

　　"止"字甲骨文作"𝞦",像人腳之形;上邊的三歧表示腳趾,只畫出三個是因為古代以三為多;下邊的部分表示腳掌。本義就是"足,腳"。以"止"為部首的字構意大都與足有關,如:"步"的甲骨文作"𝞦",金文作"𝞦",像徒步行走時左右兩腳一前一後的樣子;"武"的甲骨文"𝞦",由"止"、"戈"兩個構件組成,"止"像腳形,表示行走,"戈"是武器,整個字形表示拿着武器去征伐。

　　"足"的甲骨文作"𝞦",像小腿和腳相連之形,本義就是"人體下肢",又專指"踝骨以下的部分";金文演變為"𝞦",小篆演變為"𝞦"。以"足"為部首的字本義大都與"腳"有關,如"踵"的本義是腳後跟,"摩肩接踵"的字面意思是肩膀靠着肩膀,腳尖碰着腳後跟，形容人多擁擠。“足”、“止”的常用義變化之後，又出現了“腳”字。

“脛”字從肉巠聲。“巠”字西周金文作“”，下邊的部分像織布機的架子，上邊的部分像織布機上的縱線，本義就是“織布機上的縱線”。織布機上的縱線具有直、細、長的特點，因此，以“巠”為聲符的字大都具有直、細、長的特點。如：“莖”字《說文解字》說解為“枝柱也”，即植物的枝幹，有直、細、長的特點；“脛”的意義是小腿，具有直、細、長的特點；“徑”字《說文解字》說解為“步道也”，徐鍇曰“道不容車，故曰步道”，是比較細窄而抄近（直）的道路，也具有直、細、長的特點；“頸”字《說文解字》說解為“頭莖也”，就是現在說的脖頸，與上邊的頭和下邊的肩相比，具有直、細、長的特點。

“胯”的小篆字形作“”，《說文解字》說解為“股也。從肉，夸聲”。其實聲符“夸”同時具有表義功能，因為“夸”的甲骨文作“”，像兩腿分開之形，胯是下肢與軀幹的相接處，也可以說是可以分開的下肢的起始處，因此說“夸”兼有表義功能。

疾 病

　　"疾"字甲骨文字形作"",像一個箭頭射向人腋下之形,表示創病之義。中箭受傷,創病來得非常快,因此"疾"又有"迅疾、快"的意思,如"疾馳";由"迅疾、快"又引申為"力量大,猛烈"之義,如"大聲疾呼"、"疾風知勁草"中的"疾"就是"大,猛烈"的意思。

　　"病"的甲骨文字形作"",像有病之人臥於牀上,後一個字形還有幾個點兒,表示流出的汗水,整字表示人生病之義。

　　從字形上看,"疾"側重於外傷,相對容易治癒,因此,"疾"也用來指較輕微的病;"病"則側重於內科疾病,相對不容易診斷和治癒,因此,古文獻中"病"字專指重病。如扁鵲見蔡桓公時,開始說"君之'疾'在腠理",等到蔡桓公的病已經無法救治時,才說"君之'病'在骨髓","疾"、"病"兩詞的意義差別非常明顯。後來"疾"、"病"組成雙音合成詞，泛指一切大病小病。

　　總之，古代漢語中，"疾"、"病"是兩個詞，二者的區別主要在輕重程度上；現代漢語中，"疾病"已發展為一個合成詞。

參考書目

專著

于省吾：《甲骨文字詁林》，北京，中華書局，1996 年。

王鳳陽：《漢字學》，長春，吉林文史出版社，1989 年。

王寧：《漢字構形學講座》，上海，上海教育出版社，2002 年。

王寧：《説文解字與漢字學》，鄭州，河南人民出版社，1994 年。

王作新：《漢字結構系統與傳統思維方式》，武漢，武漢出版社，1999 年。

王筠：《説文釋例》，北京，中華書局，1987 年。

劉又辛、方有國：《漢字發展史綱要》，北京，中國大百科全書出版社，2000 年。

劉志成：《文化文字學》，成都，巴蜀書社，2003 年。

劉志基：《漢字與古代人生風俗》，上海，華東師範大學出版社，1995 年。

江林昌：《夏商周文明新探》，杭州，浙江人民出版社，2001 年。

湯可敬：《説文解字今釋》，長沙，岳麓書社，2001 年。

許慎：《説文解字》，北京，中華書局，1996 年。

杜耀西、黎家芳、宋兆麟：《中國原始社會史》，北京，文物出版社，1983 年。

李運富：《漢字構形原理與中小學漢字教學》，長春，長春出版社，2001 年。

李運富：《楚國簡帛文字構形系統研究》，長沙，岳麓書社，1997 年。

李炳海：《部族文化與先秦文學》，北京，高等教育出版社，1995 年。

李圃：《古文字詁林》，上海，上海教育出版社，2003 年。

李圃：《甲骨文文字學》，上海，學林出版社，1996 年。

何九盈：《漢字文化學》，瀋陽，遼寧人民出版社，2000 年。

宋兆麟：《巫覡——人與鬼神之間》，北京，學苑出版社，2001 年。

張玉金：《當代中國文字學》，廣州，廣東教育出版社，2000 年。

張光直：《中國青銅時代》，北京，三聯書店，1999 年。

張遠：《漢字字義的演變》，福州，福建教育出版社，1996 年。

張素鳳：《古漢字結構變化研究》，北京，中華書局，2008 年。

張素鳳：《一本書讀懂漢字》，北京，中華書局，2012 年。

張素鳳：《漢字結構演變史》，上海，上海古籍出版社，2012 年。

張舜徽：《說文解字約注》，鄭州，中州書畫社，1983 年。

陸宗達：《說文解字通論》，北京，北京出版社，1981 年。

季旭昇：《說文新證》，福州，福建人民出版社，2010 年。

趙平安：《隸變研究》，保定，河北大學出版社，1993 年。

趙平安：《說文秦篆研究》，南寧，廣西教育出版社，1999 年。

趙誠：《二十世紀甲骨文研究述要》，太原，書海出版社，2006 年。

趙誠：《甲骨文與商代文化》，瀋陽，遼寧人民出版社，2000 年。

趙誠：《甲骨文字學綱要》，北京，商務印書館，1993 年。

段玉裁：《說文解字注》，上海，上海古籍出版社，1981 年。

姜亮夫：《古文字學》，杭州，浙江人民出版社，1984年。

姚孝遂：《許慎與說文解字》，北京，中華書局，1983年。

夏淥：《文字學概論》，北京，線裝書局，2009年。

徐中舒：《甲骨文字典》，四川辭書出版社，1990年。

徐中舒：《漢語古文字字形表》，成都，四川人民出版社，1981年。

徐復、宋文民：《〈說文〉五百四十部首正解》，南京，江蘇古籍出版社，2003年。

高亨：《文字形義學概論》，濟南，齊魯書社，1981年。

高明：《中國古文字學通論》，北京，北京大學出版社，1996年。

唐蘭：《中國文字學》，上海，上海古籍出版社，2001年。

唐蘭：《古文字學導論》，濟南，齊魯書社，1981年。

黃侃：《文字音韻訓詁筆記》，上海，上海古籍出版社，1983年。

黃德寬：《古文字譜系疏證》，北京，商務印書館，2007年。

黃德寬：《漢字理論叢稿》，北京，商務印書館，2007年。

黃德寬、常森：《漢字闡釋與文化傳統》，合肥，中國科學技術大學出版社，1995年。

淳于懷春：《漢字形體演變概論》，瀋陽，遼寧大學出版社，1989年。

梁東漢：《漢字的結構及其流變》，上海，上海教育出版社，1991年。

葛本儀、王玉新：《漢字認知研究》，濟南，山東大學出版社，2000年。

董蓮池：《說文部首形義新證》，北京，作家出版社，2007年。

董蓮池：《說文解字考正》，北京，作家出版社，2005年。

蔣紹愚：《漢語詞彙語法史論文集》，北京，商務印書館，2001年。

蔣善國：《漢字學》，上海，上海教育出版社，1987年。

裴錫圭:《漢字學概要》,北京,商務印書館, 1988 年。

雷漢卿:《〈説文〉"示部"字與神靈祭祀考》,成都,巴蜀書社, 2000 年。

詹鄞鑫:《漢字説略》,瀋陽,遼寧教育出版社, 1991 年。

詹鄞鑫:《神靈與祭祀》,南京,江蘇古籍出版社, 1992 年。

〔美〕摩爾根:《古代社會》,北京,三聯書店, 1978 年。

潘鈞:《現代漢字問題研究》,昆明,雲南大學出版社,2004 年。

陳婷珠:《殷商甲骨文字形系統再研究》,上海,上海人民出版社, 2010 年。

黃文傑:《秦至漢初簡帛文字研究》,北京,商務印書館,2008 年。

論文

王立軍:《漢字形體變異與構形理據的相互影響》,《語言研究》 2004 年第 3 期。

王寧:《系統論與漢字構形學的創建》,《暨南學報》2000 年第 2 期。

王貴元:《漢字形體演化的動因與機制》,《語文研究》2010 年第 3 期。

王貴元:《漢字構形系統及其發展階段》,《中國人民大學學報》 1999 年第 1 期。

齊元濤:《〈説文〉小篆構形系統相關數據的計算機測查》,《古漢語研究》1996 年第 1 期。

李運富:《從楚文字的構形系統看戰國文字在漢字發展史上的地位》,《徐州師範大學學報》1997 年第 3 期。

李運富:《漢字的形體演變與整理規範》,《語文建設》1997 年第 3 期。

李運富：《論漢字職能的變化》，《古漢語研究》2001 年第 4 期。

李運富：《漢字語用學論綱》，《勵耘學刊》（語言卷）2005 年第 1 輯。

李運富：《論漢字的記錄職能》（上、下），《徐州師範大學學報》2003 年第 1、2 期。

李運富：《論漢字的字際關係》，《語言》2002 年卷，首都師範大學出版社。

李運富：《論漢字結構的演變》，《河北大學學報》2007 年第 2 期。

李孝定：《從六書的觀點看甲骨文》，《漢字的起源與演變論叢》1986 年第 6 期。

張雲艷：《現代漢字的結構類型》，《山西大同大學學報》2008 年。

張素鳳：《"王"字的文化蘊涵》，《中華活頁文選》2005 年第 9 期。

張素鳳：《漢字演變中的理據重構現象》，《河北學刊》2008 年第 4 期。

張素鳳：《"孟"字的文化意蘊》，《文史知識》2006 年第 4 期。

張素鳳：《"美"、"尾"與遠古服飾審美的演變》，《漢字文化》2005 年第 3 期。

張素鳳：《談古漢字構形變化規律》，《河北學刊》2007 年第 2 期。

張素鳳：《談記錄職能對漢字形體結構的影響》，《河北師範大學學報》2009 年第 3 期。

張素鳳：《釋"帚"》，《中原文物》2007 年第 2 期。

楊洲、張素鳳：《孔子"仁"、"聖"思想內涵及其關係探析》，《河北大學學報》2009 年第 5 期。

張素鳳、張學鵬：《甲骨文中從"帚"之字考釋》，《中原文物》2007 年第 6 期。

張曉明：《二十世紀漢字字形結構研究》，《語言教學與研究》

2004 年第 5 期。

陳煒湛：《甲骨文異字同形例》，《古文字研究》第 6 輯。

周有光：《文字演進的一般規律》，《中國語文》1957 年第 7 期。

鄭振峰：《論甲骨文字構形系統的特點及其演變》，《語言研究》2004 年第 3 期。

孟華：《漢字兩書論》，《東方論壇》2006 年第 5 期。

趙學清：《戰國東方五國文字的構形系統研究》，《聊城師範學院學報》2001 年第 5 期。

趙誠：《古文字發展過程中的內部調整》，《古文字研究》第 10 輯。

姚萱：《殷墟花園莊東地甲骨卜辭考釋（三篇）》，《古漢語研究》2006 年第 2 期。

黃天樹：《論漢字結構之新框架》，《南昌大學學報》2009 年第 1 期。

黃德寬：《漢字構形方式：一個歷時態演進的系統》，《安徽大學學報》1994 年第 3 期。

黃德寬：《漢字構形方式的動態分析》，《安徽大學學報》2003 年第 4 期。

曾憲通：《説絲》，《古文字研究》第 10 輯。

郭偉：《〈説文解字〉形變字研究》，蘇州大學碩士論文，2003 年。

本書是以下兩個項目的研究成果：

1. 國家社科基金 2014 年度重大招標項目："《通用規範漢字表》8105 字形音義源流研究"（14ZDB099）

2. 第二批"燕趙文化英才工程"資助項目："3500 一級漢字圖文説解與漢字文化解析"